会生长的桥

刘华/著

山东友谊出版社·济南

图书在版编目（CIP）数据

会生长的桥 / 刘华著． -- 济南：山东友谊出版社，2022.3（2025.7重印）
ISBN 978-7-5516-2498-5

Ⅰ．①会… Ⅱ．①刘… Ⅲ．①长篇小说－中国－当代 Ⅳ．① I247.5

中国版本图书馆 CIP 数据核字（2022）第 029775 号

会生长的桥
HUI SHENGZHANG DE QIAO

图书策划　查玉明
责任编辑　孟瑞婷
封面设计　比邻设计
内文制作　杨雯雯

主管单位：山东出版传媒股份有限公司
出版发行：山东友谊出版社
地　　址：济南市英雄山路 189 号　邮政编码：250002
电　　话：出版管理部（0531）82098756
　　　　　发行综合部（0531）82705187
印　　刷：山东临沂新华印刷物流集团有限责任公司
版　　次：2022 年 3 月第 1 版
印　　次：2025 年 7 月第 3 次印刷
开　　本：890mm×1240mm　1/32
印　　张：7.25
字　　数：130 千字
定　　价：29.80 元

（如印装质量有问题，请与出版社出版管理部联系调换）

目录

序章 / 001

1　愤怒的喜鹊 / 005
2　先祖是皇 / 021
3　调虎离山计 / 037
4　故事树 / 053
5　白毛驴 / 069
6　栽种一座桥 / 085
7　火车趴了窝 / 099
8　被热泪淋湿的跪 / 113
9　血泡很无奈 / 127
10　鸟雀流离失所 / 141
11　雪冢 / 155
12　第六百号古柏 / 169
13　奇幻树苗 / 185
14　祖林如画 / 199
15　林鸟有声应吊古 / 213

后记 / 225

序章

1948年仲秋。

秋风已凉,秋阳却暖。这一天,孙庄像过年一样热闹,家家燃放鞭炮,户户绽放笑脸。一条条人流沿着一条条村巷,涌向孙家人的圣地——孙氏宗祠。

为什么说它是孙家人的圣地呢?孙氏宗祠是孙姓村民祭拜历代祖灵、瞻仰先人功德、商议全村大事、举办重大活动的公共文化空间,其中供奉着祖宗的牌位,陈列着先人的事迹,昭示着族规谱训。那些端庄的文字,是家族的殷切叮嘱,是前辈的期待目光,激励着世世代代的裔孙:"崇尚读书,宜国宜家;胸有大志,图报天下……"

宗祠是孙庄的荣耀所在,也是后人的牵系所在。因此,人流簇拥着戴红花的青壮汉子,齐聚宗祠门前广场,他们要告知祖先的在天之灵：孙庄又有一批子弟加入了人民解放军的队伍，又有一批民工加入了支援大军南下的队伍。这是近两年来，孙庄第五次举行欢送仪式。青年穿上了军装，壮年扛起担架或推起小车，一旦上了战场，孙家子弟都是英雄好汉！

这一次，战场形势为欢送仪式配上了恢宏壮丽的背景音乐。只听得不远处的津浦铁路上，一趟趟列车咣咣咣咣疾驶而来，呼啸而去；南北两端的火车站上，汽笛声呜呜的，像是憋足了劲要奔向淮海战役的最前线，奔向长江对岸的南京城，让解放的红旗插遍全中国。

孙氏宗祠的外墙上，糊着两条新标语，红纸上，一条写着："胜利人人有份，参军个个有责！"另一条写着："自己的兵自己当，自己的枪杆自己扛！"欢送仪式有四项议程。一是由主祭率众面对宗祠鞠躬，三拜，诵读告文；二是通报参军、支前人员名单；三是鸣炮，喝壮行酒；四是所有人员前往老龙头祖茔地，祭祖并祈求先祖们保佑孙家子弟平安凯旋。

这一回，参军有三十六人，支前也是三十六人，至此，孙庄已有一百八十八名子孙在前线阵地上、在支前道路上，这是全村的莫大光荣啊！

七十二条壮汉，七十二只酒碗。壮汉们一饮而尽，乡亲们蜂拥而上,给他们送上各种慰问品。与此同时,锣鼓喧天,鞭炮齐鸣,扭秧歌的队伍欢快地扭动穿行在人海里。接着,人流一路呼喊口号,前往祖林。祖林乃生长在祖茔地上的古树林,那里有九百九十九棵古柏荫庇着历代祖先的坟茔,是家族的根脉所在,是神圣之地。全村人在祖林里禀告并祈求长眠百年、数百年的先祖:咱孙庄村满门忠烈,孙家子弟个个好样的,你们可得保佑孩子们好好的啊!

祖林里,有一棵吉祥柏,家家膜拜,人人信奉,逢年过节要在这棵树上系一根红布条。而此时,为每位参军和支前的男儿系上的红布条随风飘荡,好似古树绽放着鲜艳的花朵。

又是鞭炮炸响。一大群惊飞的鸟雀,居然往津浦铁路方向飞去,居然在铁道上空拐了一个弯,飞向南方……

1

愤怒的喜鹊

　　找不到家的花喜鹊，扑啦啦地在树林里飞来飞去。平日里寂静肃穆的山林，因此显得惊惶不安。春夜里的声声哀号，淹没了满山虫鸣，仿佛来自四面八方，久久地回荡在空旷的山野之间。

一对花喜鹊和梳着学生头的孙添雨结下了仇。

添雨走到哪里，喜鹊跟到哪里。这俩喜鹊脑袋抖抖的，尾巴翘翘的，翅膀扑扑的，叽叽喳喳叫个不停。其声愤愤，其状狠狠，几回回，喜鹊怒冲冲地飞射过来，恨不能叨他几口似的，吓得添雨抱着脑袋赶紧逃回家。他要是不出门呢，喜鹊则在他家房前屋后飞飞停停，撵不走，轰不散，从头日晌午闹腾到今天，从日出闹腾到天断黑。

一大早，乐呵呵的爷爷还拿它们打趣呢："他奶奶，你说俺家该有吗喜事临门啊？别是添雨他三叔打下南京逮住了蒋介石吧？这不，从昨日到今晨，俺家让报喜鸟堵住大门啦。"

爷爷站在对过儿的打铁铺子里，冲着厨房嚷了三遍，一遍比一遍声音洪亮，正在灶前添柴的奶奶还是没吱声。爷爷是远近有名的铁匠，人称孙一锤。他全身黢黑，头发雪白，年逾花甲，双臂仍然尽是疙瘩肉——打铁打的。县城里，周边集镇上，好些铁器店爱订他的货，镢头、锄头、铁锹、镰刀、马掌，有什么要什么。这阵子，来了大活儿，国民党军队一路南撤一路破坏，铁路被炸得一截一截的，火车还不得趴窝啊？人民政府号召全县铁匠齐上阵，帮助抢修队赶制道钉、垫板、鱼尾板什么的。孙一锤没日没夜，尽顾着叮当叮当了。

眼看太阳已经西斜，两只花喜鹊非但不走，叫声反而显得凄厉、悲怆了。整天在打铁铺里拉风箱的大伯孙长天歪斜着半边身子，扶着墙慢慢起身，穿过院子挪到屋里，大呼小叫的，把添雨嚷到自己跟前，用犀利的眼神逼视着他："掏鸟窝啦？"

"大爷，没，没呢。"添雨管大伯叫大爷，管伯母叫大娘。他低下头，怯怯答道，脸却红了。

大伯爱鸟，懂鸟，四年前，一夜之间急白满头黑发，比添雨他爹的更白，他就索性管自己叫"白头翁"了，那是一种不怕人的鸣禽。大块头儿的"白头翁"眼一瞪，吼道："那人家不依不饶纠缠你，为的吗？你给说说！"

奶奶闻声噔噔地跐着小脚赶过来，老母鸡似的连忙护住添雨，呵斥她的大儿子："鳖羔子你能！吓着俺的乖孙子啦！吼吗吼！俺添雨懂事，天底下寻不着这么懂事的孩子！他见俺腿脚不利索，替俺拾柴去，拾回来一大筐呢！拾回来的柴草干得透透的，点火就着。这可把搭窝的喜鹊气坏啦，怨俺孙子能干呢！"

奶奶喜欢往添雨的头上抹油。瓶口的油、灯盏底下的油，都叫奶奶抹在了添雨头上,所以添雨头上经常油光闪亮,一股菜油麻油香。奶奶认为这才是学生模样。

患中风的大伯虽半身不遂,脑子却不碍事,好使着呢。他明白了,比掏鸟窝更甚,添雨把人家的巢给捅了,难怪喜鹊的啼声如此哀怨。也是,两只鸟儿拾柴草在高树上搭一个巢,至少得花两个月时间。从今往后,叫它们住在哪里、去往何方?

地里闲着的时候,大伯也跟着打铁。地里忙呢,他就是庄稼人。他伺候这片土地大半辈子,熟知孙庄地界上的一草一木,甚至认识从孙庄天空飞过的每一对翅膀,比如八哥、百灵和云雀,比如白鹭、鱼鸥和鸬鹚,而他这只"白头翁"却折了翅膀,不能自由飞翔。不过,他仍有飞翔的意志飞翔的心,每天仍要强着出门,去地里、去山上转一圈,谁也劝不住拦不下,哪怕歪斜着身子、艰难地挪动步子,哪怕经常摔得鼻青脸肿、爬也爬不起来。每每遇见不解的目光,他总是乐呵呵地说:"得去数数孙庄地界上到底有多少鸟窝,反正闲着也是闲着。"白头翁"对远近的鸟窝有数呢。"

"去你爹娘的坟上啦?"大伯猜想,上门问罪的这对喜鹊一定是那片林地的住户,那儿鸟窝多,而且筑在柳树上,找根长棍子,踮起脚就能捅下来。今年清明上坟后,这阵子添雨隔天便往桃河边的那片柳林里跑,看得出来,孩子想爹娘了。也是，撵走日本鬼子后，没过多久好日子，国民党反动派重点进攻山东解放区。两边仿佛木匠拉大锯，枣庄好些地方在人民解放军手里已经解放了五六回。到如今，蒋匪军兵败如山倒，战争该结束了，别的孩子眼看将盼回亲人，可添雨，却永远盼不着自己的爹娘。

添雨摇摇圆脑瓜，接着又说："去了，可我没在那儿捅鸟窝。"

"没在那儿？别处的，拿棍子你也捅不着啊。"

岂料，添雨挺自豪的："我上树了！那树可高啦，我估摸着，有二十多米高吧，差不多能抓住云彩。不信，你问添金、添旺。"

大伯勃然大怒："熊孩子！你敢上树？你不知道椴树洼那几棵青杨下有一口水塘？掉下来摔不死你也得淹死你！"

怒吼着的大伯扬起了巴掌。奶奶连忙把添雨拽到自己身后，吼得比他更凶："敢！你咋不骂那两个大的？拣软柿子捏啊？调皮捣蛋的，影子都见不着，老实的留下，让你欺负呀？"

奶奶口中那"两个大的"，指大伯的儿子添金和添旺，老大十三岁，老二比添雨大一个月。他俩像一对快要打鸣的小公鸡，惹事，好斗，却也能帮衬着干活了，比如抡大锤，比如给铁器店送货去。呵斥住"白头翁"，奶奶转身安慰小

孙子："俺的乖乖，大爷担心你出事，别哭啊！"

添雨梗着脖子叫起来："我没哭！"

奶奶捧起他的脸蛋端详，再在他鼻子上刮了一下，笑道："羞羞，两眼泪汪汪的，还说没哭。"

"没掉下来，那就不是泪！"

连铁青着脸的大伯也差一点扑哧笑出声。那笑，被他捂在了巴掌里。不过，听喜鹊叽叽喳喳吵了一整天，他真的变成了一只不依不饶的鸟。当然，也是一只牵肠挂肚的鸟。"白头翁"语重心长地说："孩子啊，打你一出生，你爹娘就把你交给俺，俺得对得住他们啊。记住，椴树洼的树可不敢爬啊。"

添雨眨眨眼，用力把泪塞回眼里，说："我没爬椴树洼的树，我在祖林里，原本想爬上青杨好好看看微山湖的。你不是说我爹娘从前打鬼子常出没在湖上吗？指不定他们不知道鬼子已经投降，还躲在苇丛里呢。再说，那么大的一片芦苇，好像没边没沿的迷魂阵，人在里面万一迷了路，那还不像拉磨的驴一样？可那两只喜鹊捣乱，老是飞过来叼我，拿我当树虫啦。你看看，我脸上差一点叫它们叼去一块肉！这才惹得我发火，一伸手，想干脆把它们的窝给扯了。不，那个窝结实着呢，使劲扯了好久才扯开……"

兴致勃勃的添雨还想告诉大伯，那个鹊巢大得让他难以合抱，巢底拿粗粗的柳木横梁做支架，外层用长短不一、筷子般粗细的树枝交错编搭，里层是柔细枝梢盘旋横绕而成的半球形柳筐，并用河泥涂抹在筐内，像人给自家粉墙似的。可见，喜鹊既是木匠，也是泥匠，既长于编织，也善于抹砌。鹊巢的贴身处还有一层铺垫物呢，那是用芦花、棉絮、兽毛、人发和鸟的绒羽混在一起压成的厚褥子。你看看，论过日子，喜鹊比人更讲究吧？

然而，他不得不噤声。这时，大伯和奶奶面面相觑，然后异口同声："祖林？！"那吃惊的语气、震骇的目光告诉添雨，自己惹祸了，犯的是大错，惹的是大祸！他猛然记起刚刚从族谱上认识的谱训："对祖林家庙，必视以为圣；对祖遗器物，必视以为宝。"是的，年年清明，全族人去老龙头为祖茔地扫墓、种树，爷爷和大伯都会反复叮嘱：祖林庇护着祖先的坟茔，这里是孙家人的根脉，是孙庄村的圣地；到了这里，不得嬉闹，不得喧哗，不得惊扰历代祖先的在天之灵。

暴躁的大伯，忽然变得镇静了。他摸摸索索脱掉尽是煤烟味的脏衣服，磨磨蹭蹭披上一件白褂子，一屁股坐在炕沿上发愣，不时喃喃道："子不教，父之过。不怨孩子，怨俺，怨俺啊……"

掌灯时分，添金和添旺牵着肚皮圆鼓鼓的白毛驴回家来，进门大叫一声："货送到啦！"没有任何回应。添雨以为此时该有一场暴风雨的，然而，捧着饭碗，爷爷哑口，大伯无言，藏在灯影里的奶奶窸窸窣窣暗自抹泪。添金、添旺蒙在鼓里干着急，只能一个劲儿地冲添雨使眼色，咋啦？

添雨欲言又止。犹豫片刻，他猛然放下碗筷，跑去厨房，抱起那筐柴草——那个硕大的鹊巢。他要给喜鹊送回去。可是，对于流离失所的喜鹊，他送还的还能是一个温暖的家吗？

恍然大悟的添金和添旺陪他上了老龙头。黑黢黢的山上，有一片黑黢黢的祖林；黑黢黢的树林里，长着黑黢黢的古柏，一共九百九十九棵。古柏大多寿高逾四百岁，几棵年少的，也阅尽了三百年的人世沧桑。古柏林的外围，则屹立着三十棵挺拔的青杨，它们精神抖擞，高耸入云，一棵棵也都是百岁老者。

找不到家的花喜鹊，扑啦啦地在树林里飞来飞去。平日里寂静肃穆的山林，因此显得惊惶不安。春夜里的声声哀号，仿佛来自四面八方，久久地回荡在空旷的山野之间。叽叽，喳喳，叽叽喳喳。仿佛，失去鹊巢的喜鹊发动林子里的全体喜鹊，一起在向那些老坟告状，或者，共同向它们所选择的这片柏林、它们所栖身的那些古树抱怨着。

添雨找到了那棵青杨，那棵可以望见微山湖的青杨，那棵为眺望微山湖而努力长高的青杨。他把柴草筐翻覆过来，将一堆"建筑材料"倾倒在青杨树下。喜鹊重建家园无需到处寻找了，只是有劳它俩搬上去、搭起来而已。

添雨跪在青杨下，喃喃道："喜鹊，别叫了好不好？求求你们。我知道错了！这不，我把鹊巢给送回来了。我倒是想上树搭窝的，可我不会呀！对不起。天黑了，求你们千万别再吵老祖宗啦！"

是的，添雨该给喜鹊下跪的。可喜鹊在哪儿呢？无边的黢黑中，到处都是它们的啼叫声。

一直懵懵懂懂的添金哥俩，这时才恍然明白：一个小小的鹊巢，果然能惊扰祖灵。这不，一树树嫩嫩的杨树叶，从接天的树梢开始，由上而下，哗哗地抖动，声音越来越大，似风吹，也似雨打。俗话说"院中不栽鬼拍手"，"鬼拍手"指的正是杨树，杨树叶片阔大且密集，遇刮风，声如拍手，夜间尤其动静大。

比添雨高半个头的添金，拉起添雨，拽上添旺，跌跌撞撞地跑下了山。也是怪了，山下并没起风。添金对此的解释是，喜鹊接受了添雨的道歉，撵他们回家呢。

家里跟祖林一样黑,大人和一盏如豆的油灯已早早睡下。三个孩子蹑手蹑脚进了屋,正要上炕,只听得黑暗的角落里传来一声沉重的长叹。添金连忙安慰道:"爹,我们把鸟窝送回去了,倒在那棵杨树下。赶明儿,喜鹊就可以搭新屋啦。"

"那对报喜鸟在大闹祖林吧?"

"嗯……没,没呢。"

"糊弄鬼!"

添金愣了一会儿,说:"爹,这事怨我。我起的头,我叫弟弟一道比赛爬树的……那个鸟窝也是我给捅下来,让添雨捎家来的。我和添旺要牵驴送货去。"

添雨大叫起来:"大爷,他骗人!鸟窝是我捅的。喜鹊跟我结仇,就是最好的证据!喜鹊可不会平白无故地冤枉人!"

添金冷笑一声,讥嘲道:"喝过墨水,了不得呀,会说平白无故啦。"

添雨说:"别争啦,明儿一大早,你我站在屋门外,东边一个,西边一个,看喜鹊找谁算账。"

身材瘦长的添旺说:"鸟窝送回去了,它们还来呀?惹火了我,做一副弹弓把它们揍下来!"

角落里的长叹声充满感伤:"唉,它们不得叫上个十天半月呀?俺心想着鸟儿自由自在,其实,做鸟也难呀!"

三个孩子在炕上辗转反侧，折腾到半夜，天大亮时却睡得呼呼的。添雨不知道，这时爷爷和大伯早已去了孙氏宗祠。两个男人，六十四的搀扶着四十四的，白发老汉搀扶着"白头翁"，挪呀挪，挪到宗祠门前。当爹的差不多是把五大三粗、胡子拉碴的儿子提溜着跨过门槛，进门穿过院子，再提溜着儿子入大殿，点烛敬香、三叩九拜之后，面对上方的祖龛双双跪了下来。

按照族中"端教养"的惩戒要求，孩子惹祸，应该由父亲在宗祠大门外跪石阶的，可添雨是大伯带大的，大伯便是他活在世上的爹。而爷爷硬要陪着，爷爷说你该跪，我这当你爹的不该吗？一老一残的，跪阶石还不得摔死呀？两个男人为此争论起来，最后得出妥协的结论是：一道跪大殿，向老祖宗请罪。

大殿够宽敞，地面也平整，不过，春季雨水多，地上有点儿潮。对于他俩，下跪其实不容易，都是大个子，老的得照顾残的。当爹的倾斜身体，让儿子倚着自己，像滑溜溜板一样滑倒在地，他再把儿子双腿摆好，上身扶直。当爹的自己跪下更是吃力，他慢慢弯下腰，老半天才把老胳膊老腿放下去，然后，双手撑地不断挪动，慢慢调整出跪姿来。看护祠堂的老者，见他俩执意要这样惩戒自己，赶紧找来两只蒲团塞在他们膝盖下面。

并排两个蒲团、两代父亲、两颗雪白的脑袋。他们垂头低眉，时而喃喃自语，时而悄悄揉眼。当爹的歪着嘴，任凭涎水一串串流下来，儿子则欲双手合十，可那右臂颤颤的，害得右手总也合不上左掌。两人嘴里叨念着的，正是谱训六则之三"明宗敬祖，知悉根脉"，只道是："人有始祖，族有先人。若无吾先人往昔筚路蓝缕，岂有吾后人今日之叶繁枝茂……故而吾族人必知宗敬祖，必常思吾先祖创基之劳顿，必详知吾祖上忠孝节义之楷范，必常念吾祖庇护后人之恩泽，必常怀对吾先人之敬畏……"

接下去，该背诵到"视以为圣"的家庙祖林了。"白头翁"大伯泪流满面："先人，惊扰你们的在天之灵了！孩子是懂事孩子，想爹娘啦，这才上的树。求求你们可别怪罪他，要怨就怨俺吧！你们高高在上，俺在你们脚下跪着。俺一直跪到喜鹊不叫不闹，可行？"

爷爷孙一锤的祷告更是让人揪心："诸位列祖列宗，俺大儿媳、二儿子和儿媳，都为抗日捐了躯，老三正带着队伍跟国民党反动派决战呢！他们拿命换天下太平，也是为了让你们安宁啊！俺大儿子为吗中风？为吗白头？急的，愁的！想来你们宽宏大量，念俺家一门忠烈，不会怪罪。这些年，老百姓打完鬼子打老蒋，鲜血把土地染红了，你们也不得安生啊！你们哪会嫌两只鸟闹得慌？不会！可俺还得天天来跪求你们,这是要告诉族人:仗打完啦,解放啦,该让祖灵别再为乱世烦恼忧愁啦,别再为后人提心吊胆啦,应该还祖茔地以清净啦!"

不觉间,父子两人跪了许久,跪得腿脚麻木。添雨和两个哥哥闻讯赶来,正巧看见刚刚从地上艰难爬起来的爷爷弯腰伸手准备拖拽大伯。

孩子们赶紧冲过去帮忙。人起身后,却见地上的两只蒲团精湿精湿的。六十四的和四十四的都尿了裤子。

因为喜鹊不依不饶。

喜鹊并不忙着筑巢,而是继续愤怒声讨。一大早,它们在祖林里叫了好一阵子,想想仍不甘心,进村来吵醒添雨他们。接着,紧追孩子们的脚步,飞进宗祠前院,落在那棵五百多岁的银杏树上,冲着列祖列宗的享堂不停地聒噪。

2

先祖是皇

　　祖灵通过古树之桥到下界来干什么？爷爷和他的"白头翁"儿子不是在大殿里跪着吗？大殿是老祖宗的家。他们要藏在祖龛里或牌匾上的笔画里，高高在上却逼近后人，端详后人的表情、忏悔和祷告。

大殿上方挂着一块牌匾，阳刻四个篆体大字：先祖是皇。

这个"皇"字，是"煌"的古字，像灯火辉煌形。在这里，意为"大也，自始也"。

这是添雨请教韩老师得知的。他上的学校原先叫"抗属小学"，虽说他只断断续续读了两年多，可他用功，韩老师教得也特别用心，他学得可不少。蒋匪军进攻山东，所有学校都停了学，韩老师则支援东北解放区去了。于是，在家里，两个哥哥管任劳任怨，添雨管自学成才。

大殿的牌匾一代代传下来，一直那么挂着。认识那四个字的族人却不多，懂得其义的更是寥寥无几。然而，一旦进入享堂，谁都明白，牌匾上的一笔一画均指向神圣，不由得为之肃然起敬。

看见添旺攥着一截树枝在地上描画这四个字，添雨忍不住把这点儿知识告诉给了两个哥哥。怕火星子掉在头发里，添金从打铁第一天起便剃了光头。他摸着溜光锃亮的脑袋瓜子，疑惑地问："大？吗意思？先祖是老大，他说了算？"想了想，他恍然大悟："哦，我懂了，天才叫大呢，先祖是天。昨夜里,那棵青杨树哗哗地拍手,我寻思,那是先祖的在天之灵,从天上下来了,祖林的树好比是连通天上地下的桥,所以不叫我们上树!"

古树乃连通先祖和后世的桥!添雨忍不住赞叹:"这个比喻太好啦!"因为这个比喻,他不解的疑问有了答案。那是爷爷对孩子们说的故事。

话说很久很久以前,多久呢?如今合抱的古柏才碗口粗吧!有位老祖宗死了爹,埋葬老爹之后,他"晨夕攀木而泣",在爹的坟地旁边结庐守孝三年。那时村子在老龙头山下,坟地离家近,回趟家也就一袋烟工夫,而他竟三年不入家门,他的孝行感动了全村,感动了四邻和天下的孙家。何谓"攀木而泣"?攀登?攀扶?爷爷不知道,韩老师的回答模棱两可。要是攀登,那不就是上桥吗?爬上通天之桥,不舍在天之灵。无论怎样解释,反正有一棵树见证了孝子的揪心哀痛,有一棵树传递着后人的深切思念和虔敬祷告。那棵树,该是九百九十九棵古柏中的哪一棵呢?

祖灵通过古树之桥到下界来干什么?爷爷和他的"白头翁"儿子不是在大殿里跪着吗?大殿是老祖宗的家。他们要藏在祖龛里或牌匾上的笔画里,高高在上却逼近后人,端详后人的表情、忏悔和祷告。这是光头添金给出的答案。

爱画画的添旺问:"你俩尽说老祖宗、老祖宗,可他们是谁呢？我一个也不认识！"

"老祖宗就是已经过世的先人！睡在老坟里的人。"添金带着讥嘲的微笑，瞥了弟弟一眼。

头发黢黑油亮的添雨点点头，补充道："韩老师看过我们《孙氏族谱》，她说，我们这支孙家从山西迁来，叫映雪堂。映雪吗意思？老祖宗里有一个叫孙康的，是晋朝的御史大夫，起小家里苦，买不起油，点不起灯。冬天下大雪，他只能在院子里映着雪光读书，后来成了大名，他的后代得到了映雪堂的堂号。"

添金打断添雨，说："宗祠里的通用对联都爱写他，谁复读书映雪呀，映雪世泽呀，读书雪夜呀，指的都是他。我们的老祖宗当然有他，还有来到山东的开基祖，有一辈辈的先人。他们务农为本，为人忠厚，三代起家……"因为爹病了，小小添金成了家里挑大梁的，他上不了学，他的老师只能是族中的所有长辈，包括爷爷、奶奶和爹。

"老祖宗包括娘吗？她也是已故的先人。"添旺打断哥哥，问道。

这是咄咄逼人的一问！添金和添雨怔住了。

两行泪，从添金脸颊上扑簌簌地掉下来，无声无息，却也是汹涌澎湃。这个牛犊子似的男子汉！

他已经不记得娘的样子,他眼前只有曾经和娘形影不离的白毛驴!通灵的白毛驴!据说,娘总是赶着白毛驴,以给铁器店送货的名义,去给抗日游击队送情报,情报藏在它驮着的柳条长筐里。皮毛白净放光的白毛驴可聪明啦。每每通过戒备森严的哨卡,它总能想法子对付小鬼子。比如,情报藏在右边的筐里,它能安静地让鬼子翻左边的筐;一旦鬼子绕到右边来,它便烦躁,原地转圈子,或者尥蹶子,让鬼子不能也不敢靠近。要是鬼子强横呢,它比鬼子还横,嗯昂嗯昂地叫,还不停地打喷嚏、放响屁,那屁既响又臭,一不小心,只怕能熏死人。奶奶说它爱吃豆料,人吃黄豆屁也多。

有一年冬天,天下着鹅毛大雪,娘要把一个八路军干部送过封锁线,送到微山湖去。干部不是情报,不能折折叠叠塞进筐里。咋办呢?娘对干部说,你扮作俺男人,装作送新媳妇回娘家吧。年轻的干部刷地脸红了,娘倒是大大方方要骑驴,可驴不干。从前,小脚的娘心疼驴,走得再累,也舍不得骑驴。她对白毛驴说:"乖乖,这次俺得骑上你,俺要扮新媳妇,听话啊。"白毛驴却蹦蹦跳跳,不依不从,还打了几个喷嚏。驴的心思,娘懂。娘急得对干部大叫:"你快把俺抱上去呀!"满脸通红的干部一伸出双手,驴就老实了,干部掐住娘的腰一提溜,娘上了驴。一路上,白毛驴安安静静。骑在驴背上的娘跟干部说说笑笑,连驴也看不出破绽,

那还能不顺利吗？是的，白毛驴教会了他俩怎样装扮小两口儿。神吧？

娘靠着白毛驴的保驾，凭着一对小脚的掩护，成了游击队最出色的交通员。鬼子被她的小脚迷惑了。可她后来出事，也是因为小脚。鬼子探得游击队长带人夜里潜入椿镇，便生出一箭双雕的诡计，令她赶着驴在前头带路，鬼子则化装为老百姓，悄悄跟在后面。她不是常去椿镇送货吗？娘知道，鬼子开始怀疑自己了。眼看就要进村，鬼子正准备分兵包围，娘急中生智，在驴屁股上用力拍了三巴掌，啪啪啪，快跑吧！驴会意了，猛地一蹿，一边向前狂奔，一边嗯昂嗯昂地尖声嘶叫，那凄厉的叫声惊动了夜里的村庄。鬼子一阵混乱。娘要是大脚，她完全可以跑进玉米地里趁乱溜之大吉，可她跑不快，叫鬼子的一梭子子弹撂上了。

游击队知道白毛驴，把它当作战友，听到它报警，队长带人迅速撤了，可娘却躺在玉米地边沿，流了一地的血。事后，鬼子迁怒于白毛驴，花了三天三夜满世界到处搜捕。那阵子，四乡八邻的好些黑毛驴、灰毛驴也被鬼子射杀，而白毛驴却无影无踪。不久后，鬼子战败投降，白毛驴神奇地从天而降，突然出现在娘的坟前。它嗯昂嗯昂干号到天黑，拽不走，撵不动，在坟上守了三天又三夜。孙庄百姓说，它的叫唤是哭灵呢。

添旺几乎是躺在白毛驴驮的柳条筐里长大的。娘一旦接受重要任务，那对长筐便一边放添旺，一边藏情报。娘不在了，驴在；看见驴，添旺不闹吃喝，也不闹着要娘。再大一些，他爱蹲在磨盘和碾子旁边，看白毛驴拉磨、拉碾子，看奶奶喂磨、喂碾子，磨面、碾小米。驴眼被蒙着，白毛驴拖着磨杠拉着碾子不停地转圈。添旺画画的兴趣正是从画白毛驴开始的。要不是画在地上，而能画在纸上存下来，他画的驴该成千上万了，都是白毛驴。

添金说，老祖宗当然包括娘，也许，还包括二叔二婶。他们都在供奉于大殿上方的祖龛里，都在高高悬挂的牌匾里。我们只要点燃香烛在大殿里跪下，他们就能看得见。他们的在天之灵，会沿着袅袅飘升的青烟降临宗祠。

添金说的二叔和二婶，就是添雨的爹娘，孙长龙和梁红霞。添雨离开娘的怀抱时，刚满月不久，是一个战士把他送回老家来的。直到鬼子投降那年，孩子该念书了，亲爹亲娘一直没有露面。孩子急等着取名呢，可他俩既未返乡也无音讯。爷爷叮嘱三叔，托人寻遍枣庄的队伍，又上济南、下徐州，经多方打听，这才曲里拐弯得知，添雨爹娘所在的那支游击队，当年配合铁道游击队，准备炸毁铁路桥，拿一车去"大扫荡"的小鬼子喂桃河鱼。岂料，因叛徒告密，游击队反而被鬼子"包了饺子"，几乎全部战死，而添雨爹娘却是生不见人、死不见尸。传说那是一个雨夜。所以，大字不识的大伯给孩子取名添雨。"添"字辈，铁匠孙一锤非得让孙辈的名字跟打铁沾边，铁添金就是更硬的合金。添旺呢？炉火旺啊！添雨算咋回事？大伯说，雨就是水，铁件不是得淬火吗？孙一锤无语了。

爷爷和大伯一直不相信"包饺子"的传说。孙庄距离桃河铁路桥才二十多里地，尽管刮风下雨，可当时那么激烈的枪声炮声爆炸声，全村咋没人听见呢？再说，人来人往的，事后也没谁在铁路桥头发现什么情况呀。闻知游击队被伏击，爷爷和大伯曾去现场细细搜寻，未见最近发生战斗的任何痕迹，倒是从灌木丛中捡拾了一大把锈迹斑斑的弹壳弹皮。然而，那些废旧金属恐怕只能证明脚下的土地灾难深重。事情过去太久，什么样的痕迹能扛得住日子的磨蚀？

不过，很奇怪，后来孙庄人不断获得那支游击队的消息。有神勇且离奇的英雄传奇，也有来路古怪的各种谣言。传谣的不是榴城县的二道贩子，就是外庄好吃懒做的二流子，都姓"二"。说有人瞅见孙长龙两口子在济南勺子头巷开煎饼铺子；说孙长龙的游击队叫国民党的军队收了编，他正在徐州当团长呢；甚至说他夫妻俩归顺"皇军"，而"皇军"慈悲为怀，爱惜人才，让他俩从青岛登上大海轮，保送日本上大学了。还有另一传言，认定他俩因叛变投敌，被八路锄奸队毙了……活着还不如死去呢。

孙庄的百岁老人葆公，捋着长长的白胡子，正是用这句话点醒了孙一锤，"活着还不如死去呢"。也是，堂堂孙家，慷慨仗义，爱族更爱国，岂容他人编造流言任意辱没？爷爷问葆公："可该咋办呢？"葆公正色道："长龙这孩子就是一条龙！打鬼子闹得风风火火，叫日本人闻风丧胆，汉奸老财咬牙切齿。明摆着，如今他两口子下落不明，坏人暗地里使坏呢！他们糟践俺长龙的名声，玷污俺孙庄的荣誉！可不能由着谣言这么瞎传下去！"

爷爷恍然大悟。他决定在传说中的游击队遇难处，买下那块地做林地，厚葬抗日英雄。钱不够，孙庄家家解囊。葆公竟然让出儿孙为自己备下的寿材，一口沉重厚实的柏木棺材。刷上黑漆以后，棺材里仅放着一套长龙穿过的旧棉袄，棉袄还是从添金身上扒下来的。另一口棺材是柳木的，属于添雨的娘梁红霞。然而那个做儿媳妇的，不曾在这个家里留下任何物件，她甚至不曾上过婆家门，这让长老们犯难了。葆公见多识广有办法，他的办法是，添旺能画画，让他画人像。添雨不记得娘的样子，添旺没见过婶婶的样子，怎么画？而且添旺似乎只会画白毛驴。葆公摸着孩子的头说："乖，照着你娘的模样画，抗日女英雄一个样，差不离。"添旺画了一张又一张，把添雨的练习本撕没了，还是画不好女英雄。

最后，奶奶忽然想起，孩子被战士抱来时，随身的几块尿片里夹着一只慰问袋，那是曾经风靡一时的群众慰问八路军的礼物，中山装口袋大小，白洋布的，上面绣着一杆枪，还有"抗战到底"四个字。奶奶找出慰问袋，赶紧又绣上并蒂莲。那口棺材藏进了奶奶的心愿。奶奶相信他俩一定还活着。

  出丧那天，不光添雨一人家子去，由百岁老人葆公领着，孙庄老的老小的小，再加上远亲近邻，呼啦啦去了好几百人，队伍绵延几里长。而且，出丧路线精心设计过，特意拐了一个不小的弯，正是为了走大路，宣示孙庄抗日的光荣、牺牲的壮烈，当然也想通过广而告之去遏制荒唐的谣传。在送葬队伍里，晚辈手持柳枝截成的丧棍子，一路哭着喊着，待到葬礼完成，大家纷纷把丧棍子插在新坟前，柳树成活率高，繁殖迅速，其寓意是，象征死者后代子孙绵延。果然，丧棍子经不住春风春雨的诱惑，随着一声春雷，居然爆芽了，吐绿了。才三年，丧棍子已长成茂密的柳林，而随着枣庄一回回被解放，添雨对爹娘的想念也在心里长得郁郁葱葱。

  长得像爹一样个高肩宽的添金，用他的想象安慰添雨："为吗我说'也许'？也许你爹娘根本没有死，他俩活着！活得好好的！那两座坟是衣冠冢，垒给别人看的！你想想，没凭没据,为吗举行葬礼?你怕是不记得了,葬礼可隆重啦,请了吹打班子,唢呐哇啦哇啦闹了一整天,放的鞭炮呀,跟打仗似的。我一直想不明白。问爷爷,他不吭声。问我爹,他给了我一皮槌。"

添雨惊诧地瞪圆了眼:"还活着?可他俩为吗躲着啊?"

"我是猜,有没有这种可能……你说韩老师去了东北。她一个小学教员,也能去支援东北解放区;你爹你娘,一个是队长,一个是文书,他俩更可能到东北去,要么去南方执行秘密任务,像从前我娘那样……"

听了光头添金的话,添雨一激灵:"去南方那么远的地方,用不着装神弄鬼吧?指不定,我爹娘就在那边,就在徐州。"他手指南边,继续说,"昨夜里,我听见枪炮声,响雷似的,在那边。"

正在蹲个儿的添旺轻声问:"你咋能三天两头听到枪炮声,为吗我俩听不着啊?"

"你们睡得实呗,我老是做梦惊醒……"因为爹娘在添雨的梦里。添金一本正经地说:"做噩梦吧?告诉你,梦是反的!不信,你说说,我来解解。"

忽然间,添雨感觉添金的眼睛变得炯炯发亮,仿佛真能解析一切梦境、窥破一切玄幻似的。在咄咄逼人的催促下,添雨的声音竟有些发抖:"嗯嗯……是噩梦,要不咋会惊醒?可一醒,马上把梦忘得干干净净……好像是跟着爹娘在微山湖上划船,我想尿尿,娘说去苇子荡吧!我跳下船,往里游,越游越黑,最后黑得连自己也找不着了,我吓得尿了一裤子……"

添金对这个梦很不满意,天底下怎么可能有这么奇怪的梦呢?这是一个无解的梦!他无奈地摇摇头:"你爹娘是八路军游击队员,你咋没梦见鬼子?让尿憋的吧?天天叫你尿了尿再上炕,你偏不听,懒!"

添雨抹抹头,讥嘲道:"你吹牛会解梦,解呀!"

"不是解了吗?尿憋的!"

"那好,告诉你昨晚我做的梦吧。"那原本是一个美好的梦,可惜未能如愿。

梦中的添雨想,不能让爷爷和大爷在宗祠里再这么跪下去,要跪,也该自己去,本来就是自己惹的祸。可喜鹊聪明,知道冤有头债有主呢!它们只管纠缠和追击肇事者,夜以继日,闹过祖林,又去闹家庙。也是被逼无奈,添雨忽然计上心来,此乃调虎离山之计。隔日早晨,天一亮,他便去老龙头祖茔地,钻进被喜鹊又闹腾了一夜的祖林,打算领着早起的喜鹊,赶紧离开那儿,当然,也不许飞来孙庄。添雨对喜鹊喊:"叨我也好,怨我也罢,你我去别处解决,行吗?"

添雨想的是,让喜鹊纠缠好了,索性领着它们满世界转悠。不,应该去微山湖,去迷魂阵般的芦苇荡,就像当地下交通员的大娘从前把一队小鬼子引进伏击圈一样。当然,对喜鹊,目的不是伏击,而是教它们学会忘记,学会宽恕。实在不行,让它们失踪好了,哪怕失踪在泰山、沂蒙山里。

光头添金听了他的计策,哈哈大笑:"牛皮不是吹的,泰山不是堆的。喜鹊会听你使唤?去泰山?好笑!你认识路?"

"津浦铁路打家门口过,那不就是路吗?往北,是泰山、济南,往南过桃河桥,再下去就是徐州、南京。"

可是,喜鹊的确不听添雨使唤。在清晨的祖林里,那对喜鹊喳喳叫着,秤不离砣,公不离婆,忽地飞来,忽地飞去,明明看见添雨,也不理会;明明看见添雨走到那棵青杨旁边,扬起柴草,故意招惹它们,也不动容。添雨差不多带哭腔了:"喜鹊啊,我把鹊巢送回来,你们咋还不筑巢下蛋呢?别人家已经孵出小喜鹊来啦!"

喜鹊双双钻进古柏的树冠里,又嬉闹了一阵,再蹿上青杨的树梢。这几天,它俩的哀号一定在喜鹊家族里赢得了足够多的关注、足够多的同情,所以,整个祖林到处响起喜鹊的啼叫,喳喳喳、喳喳喳。喜鹊的呼号竟然招来众多不明真相的围观者。布谷来了,"布谷布谷。"画眉来了,"明天就去,明天就去!"鹧鸪来了,"狗拖的——哥哥!"乌鸦来了,"哇——哇——"最初只有三两只乌鸦,肯定是很有威信的乌鸦,它们传递的信号一定夸大了事实,所以,不知藏在哪儿的鸦群呼啦啦飞来,先是遮天蔽日,接着风起云涌。

怎么会这样?添雨害怕了。他拔腿就跑。当然,得往北跑,往泰山方向跑,让喜鹊两口子去"一览众山小"吧!

谁知,喜鹊聪明着呢。它俩好像识破了添雨的意图,一只紧追不舍,另一只呢,猛然转身,飞往孙庄。

调虎离山计破产了。一只喜鹊再次飞临宗祠前院的银杏树上,闹得更凶了。看来,喜鹊记恨的不只是添雨一个人……

这就是添雨昨晚的梦。他对添金说:"你解吧。"

添金哭丧着脸,嘟哝道:"它俩这么不依不饶,叫这一老一残跪到哪天才是个头儿啊?"

添金忘记了自己刚才说过的话:梦是反的。

3

调虎离山计

他挥舞着手里的褂子，一直往北跑，往泰山方向跑。他要把喜鹊引到泰山去，让它俩迷失在远处的风景里，再也找不着回孙庄的路。这样，爷爷和大伯从此就不必去跪祠堂了，祖林从此将安静，全村也可以清静下来。

添雨还是决定实施调虎离山计，不管梦是正的还是反的。要不然，他也无计可施呀。

昨天，百岁老人葆公挎着白胡子、拄着黑寿杖来家了，他是代表整个孙庄来劝爷爷和大伯的。他说："俺孙庄老的少的，看着心疼呢！该向祖灵请罪，你俩请了。想还祖林清净，你俩的心思大家伙儿懂了。何必跟两只小鸟这么较劲？全村人心疼你们，全村人还得替地下的孩子们心疼你俩啊！指不定哪一天，俺一伸腿，去见孩子啦，叫俺咋向他们交代？你给说说！"

见孙一锤不吭声，葆公指着对过儿的打铁铺，又说："那些活儿可不敢耽搁啊，铁路越早修通，胜利越早到来，家家户户就能尽早团圆。听说缺枕木，铁路边上那些村子，把自家房前屋后的树砍了……眼下道钉跟不上，全县铁匠急红了眼。"

其实，为了让孙一锤适可而止，前天夜里葆公让人把宗祠大门锁上了。铁将军把门，他俩进不去。一大早，爷爷急得在宗祠门前大吼大叫，惊动了全村男女老幼，围了一圈又一圈。一开始,老人们劝说他俩别跪了,见他俩态度坚决,便有老人出于同情而妥协,于是人们形成了两派,七嘴八舌的,各不相让,可热闹啦。爷爷是倔脾气,跟砧铁似的,跟大锤似的,硬着呢,陡然性起,便要跪阶石。阶石窄,硌得膝盖生疼不说,跪下去也不容易。可爷爷这回倒是麻利,刷地跪下,双手撑在台阶上,冲着紧闭的大门磕了三个响头。这一招,吓着了葆公,他连忙使唤人把大门打开。

面对来家劝说的葆公,孙一锤则不吱声。凡是他认定的事,不管谁劝,他的态度就是一声不吭。当然,对长者,他还是挺殷勤的,又是端水,又是递旱烟袋。葆公说:"你不吱声,我一口不沾你的!"于是,大眼瞪小眼,两人干坐到天黑。葆公无奈,悻悻地走了,从出门开始咳嗽,一路咳着走的。

今天一大早,添雨独自上了老龙头。清晨的祖林里,竟然跟梦境里一模一样,连雾气也是,一团团升起,又一团团飘散。飞来飞去的喜鹊,时而藏进雾里,时而跳跃于草地间,叽叽喳喳,叫得可欢啦。它俩果然无视添雨的到来,果然无视添雨蹲在那棵青杨边扬起了柴草,无视它们自己的巢。等到白雾散尽,它俩从一棵古柏的树冠,钻进另一团浓绿里,玩捉迷藏。玩就玩呗，可它俩不时蹿上青杨的树梢，喳喳喳大喊大叫，叫得声嘶力竭，好像世界上还有太多的鸟儿不知道它俩苦大仇深似的。

　　人说"会哭的孩子有奶吃"，鸟也是。为喜鹊打抱不平的鸟儿可多啦，或者说，它们是吃饱了撑着的鸟，爱管闲事或见义勇为的鸟。别的青杨树上也垒着鹊巢，身为邻居，那些喜鹊肯定得帮腔。它们的叫声此起彼伏，在祖林里回荡。听到喜鹊们喧闹，先是两只布谷鸟飞来，落在最高的青杨树上，厉声尖叫"布谷布谷"，听着像劝喜鹊"不哭不哭"。这么一吆喝，事儿大了，竟然招来更能咋呼的画眉、鹩鸪。画眉那嗓子多好听呀，要命的是，仗着有一副金嗓子，它尽情忽悠百鸟，这可了不得啦，它动员所有的鸟儿"必须群起，必须群起""不能放弃，不能放弃"。而阴阳怪气的鹩鸪呢，也不知道藏在哪里，时不时地怒斥一声："各顾各个——各顾各个！"好像其明察秋毫，眼里容不得沙子，正在严词批评某些无动于衷的鸟儿。

　　最经不住这番指责的，大概是初来乍到微山湖的夏候鸟白鹭了。它们也不打听打听啥情况，甚至顾不上去寻找去年居住的湖湾、去年戏耍的苇滩，懵懵懂懂，冒冒失失，刷刷刷，下大雪一样，眨眼间覆盖了整个老龙头，满目一片白茫茫。那阵势，把添雨吓得往柏林深处钻去，躲在某块高大的墓碑后面。好在白鹭们似乎并不喜欢喜鹊"得意高枝占,忘形尾翘天"的样子,看看周围似乎没什么了不得的情况,轰的一声,如云朵一般席卷而去。

白的铺天远去,黑的盖地压来。最初只有三两只乌鸦飞临,三两声"哇哇"呼唤。谁知,它们可能是乌鸦中的王者,或者是乌鸦部队的侦察员。那叫声是信号,招来了大群乌鸦,可能有几千只吧。它们仿佛陡然出现的凝重的积雨云,在天黑压压的一片,落地哗啦啦的一阵,把树梢上的那两只喜鹊吓傻了。

都是带有黑色的鸟,个头也差不多,降临老龙头的鸦群吞没了那一对花喜鹊,添雨找不着它俩了。喜鹊身陷鸦群,也失去了自己。

添雨其实挺喜欢乌鸦的。为什么?别看乌鸦性格凶悍,富于侵略性,经常掠食水禽,吞噬禽巢内的鸟蛋和雏鸟,叫声也不好听,可乌鸦是有名的孝鸟,大诗人白居易也曾写诗夸奖过它——

> 慈乌失其母,哑哑吐哀音。
> 昼夜不飞去,经年守故林。
> 夜夜夜半啼,闻者为沾襟。
> 声中如告诉,未尽反哺心。
> ……

失去母亲的乌鸦多伤心啊！正如从小想着爹娘的添雨。韩老师正是看见添雨大白天悄悄抹泪，才给他念的这首诗。韩老师说，白诗人借乌鸦抨击人间不孝者，"其心不如禽"。她问："添雨呀，你是孝顺孩子，常常想念爹娘吧？"

怎能不想呢？可添雨对爹娘一点印象也没有。爹的形象，是奶奶用骂声塑造的。奶奶骂他二愣子，他不是老二吗？二愣子七岁还尿炕，二愣子八岁被人打破头。当然，十多岁的他也打破了别家孩子的头，吓得不敢回家，下井挖煤去了，藏在井下，谁也逮不着。二愣子倒是孝顺，拿几年挣下的全部血汗钱，给他一年到头全身破烂、满脸煤灰、掌钳握锤的爹买了一双日本牛皮鞋，托人捎家来。那双鞋可贵啦，榴城大街上的老板没几个穿得起，奶奶气得大骂：说他二还真二！全家饿肚子，看一个光腚的蹬着洋皮鞋耍猴啊？孙一锤更气：这个二傻子笑话俺呢。他抓起剪子就铰。那真是好鞋，铰过却不见印子，奶奶赶紧藏起来。想不到，二愣子到了队伍上，叫八路军调教得可能干啦！要不，如花似玉的梁红霞能看上他？奶奶从未见过二儿媳，可奶奶嘴里的梁红霞比韩老师俊，会打仗、会识字，还会针线活儿。俺枣庄俊闺女俏媳妇没有不会做针线的，奶奶说。添雨同样也是参照韩老师的模样去想象娘：俊俏的脸蛋，大大的眼睛，浅浅的笑窝，盛不下的笑意老是漫出来。对了，她们都有一条又粗又黑的大辫子。

添雨从墓碑后面跑出来,他挥动双臂大吼大叫道:"喜鹊、喜鹊,你怕啦?说你黑,你就装乌鸦?我在这儿哪!你恨我,有种的,别藏着,出来找我算账呀!叨我呀!我脱掉褂子让你叨!"

喜鹊当然要找他算账,何况他赤裸的上身尽是结实的好肉。于是,添雨发现树冠里出现了翻飞的白点,而身上间杂着的白,正是喜鹊区别于乌鸦的鲜明标记。

添雨连忙往山下跑,边跑边回头,看看喜鹊是否跟着。跑了一段路,再停下回身确认,哈哈,喜鹊果然记仇,飞飞停停,迟迟疑疑,却紧跟在他身后。这正是添雨希望的结果啊!

他挥舞着手里的褂子,一直往北跑,往泰山方向跑。他要把喜鹊引到泰山去,让它俩迷失在远处的风景里,再也找不着回孙庄的路。这样,爷爷和大伯从此就不必去跪祠堂了,祖林从此将安静,全村也可以清静下来。

这时,令人惊奇的一幕发生了。黑压压的鸦群居然也跟了上来,跟在喜鹊的后面,仿佛驱遣着喜鹊,裹挟着喜鹊。好像添雨和乌鸦是一伙的,彼此之间有着秘密的分工约定,或者说,聪明的乌鸦洞穿了添雨的心机,不露声色地配合他、帮助他。倘若如此,失其母的慈乌一定是和添雨同病相怜了。

喜鹊却不知情。喜鹊还为之洋洋得意呢,它俩觉得自己

一不小心，竟然成功地当上了鸦群的首领。它俩跟在添雨后面，飞一段，歇一会儿，再从树上下来，落地走几步，跳三跳，听见添雨吼，就继续往前飞，如此循环往复。而鸦群则一直跟在喜鹊后面，随着喜鹊的节奏，哗地飞起，呼地落下。

飞离老龙头，飞过了小麦抽穗的平原，不知不觉，眼前又是一片山林。紧跟着添雨一路北去的喜鹊，这时好像有所警觉，忽然双双栖在山边的银杏树上，瞻前顾后，左思右想，喳喳，喳喳，讨论了一番。小心翼翼的两口子担心上当，最终决定不再远飞，打道回府。也是，好些瓜菜开花了，好些果树结果了，转眼到了夏天，它俩可没有闲工夫去旅游，早该下蛋孵小喜鹊，做鸟爸鸟妈啦。

可是，哪能想走就走呢？它俩被强大的鸦群俘虏了。喜鹊的起飞和转向，已被鸦群掌控，密密麻麻的黢黑翅膀遮蔽了天空，同时也遮蔽了喜鹊脱离鸦群的企图。喜鹊真的很无奈。

添雨引领喜鹊，鸦群"押解"喜鹊，穿过那片山林，竟看见一条铁路从山里钻出，蜿蜒而去。对了，顺着铁路往北，就是泰山。而这时，他惊奇地看到了奔跑的火车，久违的火车！这就是说，瘫痪的铁路终于抢修出来了，奔跑的轮子下面有爷爷打的道钉呢。火车往南开，往徐州、南京方向开，跑得可带劲啦，吭哧吭哧的，火车头喷出呛人的浓烟，一声亢奋的汽笛吓得鸦群轰然四散。不过，等火车过去，乌鸦马上又集结在一起。

火车是从前方车站开出的，槐县站。车站不算大，只有三条股道，月台那头耸立着给火车头上煤加水的煤台和水鹤。添雨看得真切，刚刚从身边驶过的黑黢黢车厢，上面用石灰水刷着白晃晃的大字："打过长江去，活捉蒋介石！"票房墙上也刷着这条标语。而月台上设有邻近几个县的收粮组，槐县的、榴城的、桦市的，周边各村直接把粮食送到车站，月台一片忙碌景象。

添雨忍不住上了月台。与此同时，乌鸦纷纷落在站场上。那里尽是道砟，它们能找到食物吗？能。车站是不夜的世界，通宵灯光吸引着来自四面八方的趋光昆虫。白天，昆虫则在道砟里睡大觉，乌鸦正好可以大快朵颐，喜鹊当然也热爱美味佳肴。

其实，经历了一整天，跑得这么远，添雨对喜鹊来说，已经不很重要，或者说，有善解人意的鸦群相助，喜鹊对添雨也已经不很重要。仿佛，喜鹊已被委托给了乌鸦似的。

各县在月台上收下的，不光是老百姓支援大军的"反攻粮"，还有微山湖出产的咸鱼、干虾，群众捐献的鞋子、衣服及药物。一群群人，主要是老人和妇女，其中穿梭着一些军人和地方干部。铁路终于修通，大家正翘望火车头赶紧调来车皮赶紧装车呢。

火车头拉着三节车厢，缓缓靠近月台。这时，添雨忽然听到一个熟悉的女声："大家看着点啊，都往后躲一躲，火车过来啦！小心火车！小心！"

韩老师？踮起脚尖，从月台南端朝另一头望去，添雨看得真切，模样像韩老师，可没有大辫子，穿军装戴军帽，剪的是齐耳短发。他边走边认，直到看清她的眉目。竟也奇怪，也算小小男子汉了，连忙穿好褂子的添雨，居然忽地热泪盈眶。当然，没掉下来，那就不能算泪。他高声呼喊着，绕着货物和人群，绕着想念和疑问，扑向韩老师。

火车已经停稳。韩老师迎着奔向自己的身影，伸开双臂，一把搂住添雨。

扑簌簌的两行，终于落了下来，成为泪水，成为一个男孩不肯承认的哭。好像受了多大委屈似的。

添雨这么激动，让韩老师很意外。因为她了解添雨，这是一个坚强的男孩。韩老师弯下腰贴近他，用手抹去他脸上的泪珠，亲切问道："哟哟，咋啦？谁欺负你啦？"

"……喜鹊……"

"说吗呢？喜鹊咋啦？"

添雨激动得语无伦次："叫车厢挡住了……那边有一群乌鸦……我想调虎离山，去泰山……"

韩老师笑了。韩老师笑起来的样子可好看啦，可以拿她的名字来形容，秀丽，如春天的景象，绿水青山，桃红李白，风和日丽。甚至比春天的景象更美好。

"孙添雨，饿坏了还是累傻了？走，跟我去找吃的。你从老龙头来吗？知道老龙头到槐县站多远吗？五六十里地呢。"韩老师心想，坏了，这孩子一定出了大事。她向身边的干部交代了些什么，拽着添雨去了票房。

啃着调度员从提篮里翻出来的煎饼，激动的添雨慢慢镇静下来。他因去东北的韩老师突然出现在眼前而激动，恍然一个梦啊。一个不可思议的梦！东北该有多远呀，得出关，火车跑得再快，也得跑几天几夜吧？

添雨用发抖的声音问："韩老师，你去东北没一年，咋这么快就回来啦？"

"快吗？"韩老师笑得眉飞色舞，表情可生动啦，"战争的形势发展得更快，国民党兵败如山倒，解放军势如破竹，打下的地方都要有我们的干部去接收，哪里需要哪里去。我还盼着明儿就能到徐州，后天就能过长江进南京呢。"添雨后来才知道，韩老师成了战勤指挥部的人，管后勤保障呢。

说到战争形势，添雨也兴奋异常。他告诉韩老师，孙庄好些人家从过年起,开始积攒鸡蛋鸭蛋、咸肉咸鱼、大米白面,紧等着上前线的亲人得胜归乡,举家阖村大团圆呢。添雨家也不例外。添雨家给他三叔孙长虎攒得最多的是干槐花。奇怪吧?那是吃素的虎!三叔喜欢吃槐花炒蛋。万一他来家,槐树没开花或花已开败咋办?于是,奶奶年年打下槐花,开水杀一杀,晒干留着,攒下一大缸。恐怕得养上一大群鸡鸭,让它们统统生蛋,才能炒完那么多槐花。只怕吃完那些槐花,三叔会腻歪,这辈子不敢提"槐"字了。

韩老师笑得可开心啦:"啊?虎喜欢吃槐花炒蛋?"不觉间,她脸红了,改口道,"他吃不完,找人帮着吃呀!我也爱吃,我吃不腻。"

"真的?"

韩老师点点头:"当然真的。"

"你教我念书那两年,爷爷和大爷老说,得请你吃顿饭,可一直请不来你。"

韩老师笑得咯咯的:"可你没说有槐花炒蛋呀!"

添雨猛然想起,三叔跟韩老师是小学同学,他脱口而出:"爷爷说只等打下南京,三叔就来家啦!到时候有槐花炒蛋,你一定得来啊,我三叔打仗可厉害啦。"

韩老师眼里竟有闪闪泪光,她赶紧眨巴眨巴眼,憋住:"嗯……不过,也许人家还得继续南下,解放了全中国才算完事。"

添雨忍不住问道："三叔知道你从东北回来吗？指不定是三叔叫你南下的吧？"

"人小鬼大！可别胡说八道的！"

其实，添雨早就知道韩老师跟三叔有联系，韩老师的《唐诗三百首》里夹着她从前寄不出去的信呢。

为了掩饰自己，韩老师正色道："行啦，别贫啦。说说你为吗来这里。"

添雨把事情的原委，一五一十地告诉韩老师。韩老师听着，乐得时不时地在他肩头拍一掌，等到听完，添雨的肩头该被拍红了。韩老师拉着他往月台跑，跑到月台尽头，绕过装车的车厢，下了股道，再看站场，一只鸟影儿也没有。不过，这时已是日落西山，夜从云影后面流泻下来。

添雨心里还是惶惶不安："韩老师，你说乌鸦会替我看住那两只喜鹊吗？喜鹊不会飞回老龙头祖林吧？"

韩老师的回答是肯定的："你想想，你跟喜鹊和乌鸦，跑了飞了一整天，五六十里地，说明什么？说明喜鹊瞟上了你，说明乌鸦诚心帮助你，它们这才瞟上喜鹊。天快黑了，鸟儿恋着归林，去找树林歇窝了。喜鹊今天恐怕回不去，明天也不行，几千只乌鸦能轻易放了它俩？不能。至少得带喜鹊找个地方，好好教育一番再说，跟解放军俘虏了国民党反动派的兵一样。还记得白居易的诗吗？'慈乌复慈乌，鸟中之曾参'，曾参是谁？孔子的弟子，主张以孝为本，被尊为"宗圣"。慈乌跟你遭遇相似，人家顾念你呢。"

但愿卷入鸦群的喜鹊能让慈乌感化了。不过，添雨接着问的却是："韩老师，你咋舍得铰辫子呢？"

4

故事树

  添雨和添旺两人手臂牵连着,仍不能合围树干。浅灰褐色的树皮,深深纵裂成条片,显得斑驳苍劲。其深绿的树冠本不足为奇,但站在远处看,相邻的两棵古柏与之浑然连为一体,活像一头双峰骆驼,正在负重跋涉,驮着家族兴旺的祈愿。

调虎离山真是一个妙计，因失去巢而大闹祖林的那对花喜鹊，果然被添雨调去了远处的山林。

韩老师告诉他，那片山林叫奚公山，是一座圣山，造车鼻祖奚仲葬在那里。据说，奚仲是黄帝后裔，因为发明了车，夏禹时被封为车服大夫。山上有纪念他的车服祠，上山的路上有当年鲁王为上山拜祭方便所修的鲁桥，桥边有一棵历经沧桑的古槐。穿越山林时，添雨并不知道这些历史传说，所幸的是，他喝过桥下的清水，那水，车服大夫也喝过；他靠着桥头的古槐打了一个盹，传说奚仲也常常在树下打盹。

回家后，他告诉添金，自己梦见鲁桥被汹涌泻下的山洪冲断，眼看不能去往泰山了，正急得跺脚，忽然，河岸边长出一棵卧龙槐，横生的主干向彼岸延伸，像巨龙昂首腾空，傲视身下翻卷的恶浪，越长越粗，越伸越长，在溪涧上架出另一座桥——卧龙桥。

他不知道这个梦意味什么。添金仍然坚持说，梦是反的，说明喜鹊一定会回来，断桥挡不住飞翔的翅膀，卧龙槐便是一切阻遏都将化为通途的寓言。

添雨天天去祖林打探，果不其然，那两口子真的在离别四天后飞回了老龙头。不过，好像真的被乌鸦教育了一番似的，它俩一反常态，很低调哦，静悄悄地来，不说闲话，更不闹情绪，只顾静悄悄地干活，没日没夜，废寝忘食，衔起树下现成的建筑材料，赶紧给自己、给全家搭建一个温暖的巢。它俩的确该有自己的喜鹊宝宝了。

真快呀，眼看着青杨树上的鹊巢就要大功告成，比想象的可要快很多。添雨满心欢喜，忍不住把这一喜讯告诉了爷爷。

这阵子，爷爷见了添雨总是眉开眼笑的。为什么？那天夜里，等到公鸡打鸣，添雨还没来家，奶奶早已在哭天抢地，添金兄弟俩寻遍祖茔地又去桃河铁路桥边的柳林，凄厉的呼号久久回荡在黝黑的夜空中。全村人都不敢睡，都帮着寻，井边塘边河边，山顶崖畔粪坑，差不多把可能有危险的地方都过了一遍。鸡叫二道，添雨这才蹦蹦跳跳进村来，身后跟着袅袅婷婷的韩老师。

是韩老师搭火车把添雨送到榴城车站，再摸黑走回来的。爷爷奶奶各攥韩老师的一只手，怎么也不肯让她马上离开，三个人可亲啦，不住嘴地拉呱到天大亮。从喜鹊和乌鸦开始，聊到屋檐下的燕子。小燕子长得真快，能飞啦。他家那只十多年不进门的"大鸟"也该回巢了吧？于是，韩老师想看看那一大缸干槐花。奶奶一愣："大缸？俺家就两口缸，一口盛水，一口盛面。"爷爷则说："哪来那么多槐花呀，俺孙庄公孙树倒是多。"公孙树就是寿高的银杏，它能见证累世同堂，故而又名公孙树。接着，奶奶笑了，干槐花倒是攒下了，不过，一坛子而已。有意无意的，韩老师说酱豆子才是孙长虎的最爱。奶奶一惊："不假，老三爱吃，可拿它叨叨筷子行，它也不叫菜呀！"爷爷听着，却笑眯了眼。

从那个早晨起，孙一锤父子俩不再去跪祠堂了，喜鹊果然不再来扰。听说鹊巢搭好了，爷爷让添雨领着，叫上添金、添旺，一道去祖林看看，一路上的话题离不开韩老师。"她才去东北，为什么回来？她跟你三叔是同学,现在有联系吗？她怎么知道你三叔喜欢吃什么？送你回来的路上，她还说了什么？"一连串地问。

添雨只回答了一句话："反正我觉得，三叔的事她全知道，打仗的事她也全知道。坐火车回来的路上，我们看见有一个地方火光冲天，好像是杨集那边，不是飞机炸的，就是国民党特务放火。韩老师说，眼前支援前线重要，防止敌人破坏也重要，狗急会跳墙……"

爷爷点点头，沉思片刻说："俺一直觉着这个韩秀丽是个人才,还真是!人说得在理呢。喜鹊吵闹,俺都担心烦着老祖宗的在天之灵,眼下又是轰炸又是放火的,千万可别叫人毁了祖林啊!得赶紧成立一个护林队!"

话虽这么说,可人呢?眼下哪个村子不是女人村?男人身强力壮的,当兵上了前线,手脚还利索的,参加了随军民工团,骡马队、大车队、小车队、担架队、挑子队,每队的目标都是前方。除了老的残的,村里剩下的只有妇女和孩子。老人里面,真能扛事的恐怕唯有他孙一锤。

提起护林,爷爷心里隐隐不安。那是非常遥远的故事了。所以,来到祖茔地,爷爷忽然对刚刚落成的鹊巢不感兴趣了,他要领着孩子们去找第六百号古柏。

原来,九百九十九棵古柏,爷爷在心里编了号,按传说中的年份编的号,传说并不准确,甚至有可能大相径庭。不过,不要紧!每棵古柏都有自己的样子,也有自己的故事,爷爷可以按照它们各自的故事来甄别树龄。

三个孩子挺好奇:"每棵树都有故事?给说说呗。"

原来,爷爷是祖林的活档案。他说:"那么多树,那么多故事,得讲到过年。挑几个吧。"

穿行在柏树之间,仿佛穿行在故事之间,爷爷真得挑一挑,挑几个精彩的。果然,人有千面,树有千形,有的枝繁叶茂,有的虬干曲枝,有的树梢如剑,有的树冠若伞,有的老态龙钟，有的苍翠挺拔，还有被雷劈去半截的。爷爷继续往林子深处走，停下来后，看看方位，再看看树冠，拍打着一棵粗大的古柏，说："先说它吧。去两个人，试试手拉手能不能围拢。"

添雨和添旺两人手臂牵连着，仍不能合围树干。浅灰褐色的树皮，深深纵裂成条片，显得斑驳苍劲。其深绿的树冠本不足为奇，但站在远处看，相邻的两棵古柏与之浑然连为一体，活像一头双峰骆驼，正在负重跋涉，驮着家族兴旺的祈愿。这叫骆驼柏。传说这三棵树属于最早栽种的那一批，早在孙氏四世祖时期，因列祖均为平民，墓中没有殉葬重器，后人便格外重视规划林地，栽植树木，营造环境，增添生气，以期发达后世，荫佑子孙。也就是说，骆驼柏是今人看得见、摸得着的最长寿的老祖宗。祖林里的每一棵树，都活过了人的多少辈，见证过世间的改朝换代。

接着，爷爷找呀找，找到传说中的阴阳乾坤柏，它也是四百多岁。那棵树真是奇怪，每年只发一边的枝叶，头年发南边，南边的树枝格外绿，次年发北边，更旺更绿的是北边。可是，光头添金首先提出了质疑："明明两边一样绿嘛！哪有什么区别？"添旺也附和。添雨绕树走了三圈，再三端详，同样看不出所谓的阴阳。

爷爷沉下脸来，嘀咕着，确认位置后，也绕着树仔细打

故事树 059

量了一番，说："奇了怪了，清明上坟那天，俺还看过的，今年发北边，咋南边也发起来啦？"

添雨大叫一声："这叫吉祥柏才对！它告诉我们，南边要解放啦，跟北边发得一样旺！"

爷爷乐了："这的确是好兆头。不过，应该叫它'胜利柏'。因为，祖林里有一棵吉祥柏呢。快去找找，可好找啦，它的树干树枝上扎满了红布条。那是一棵会开花的柏树，开红花的柏树。"

其实，孩子们见过那棵树，只是司空见惯，因此没有追问，没当一回事而已。

三个孩子，分别经由三条林间小道，奔跑到吉祥柏下。瘦瘦的添旺抱住粗粗的树干，眼睛突然红了。这是白毛驴喜欢的地方，是娘经常带自己来的地方。满树的红布条随风飘荡，哪些是娘嘱托吉祥柏的祈愿呢？他不认识了。可他认识白毛驴在树干上蹭出来的疤痕，不，有时候白毛驴还咬，还踹。白毛驴想用自己能用的一切办法，弄疼吉祥树，让吉祥树牢牢记住人们的祈愿。

添旺告诉爷爷，树上有娘扎下的红布条。爷爷一愣，接着，竟一根根地认真寻找起来。无字的布条，怎能分辨呢？新的布条，鲜红鲜红，那些老旧的布条，日晒雨淋，变得刷白刷白。可爷爷相信，其中有几截麻绳一定是添旺娘系在树枝上的,那麻绳是她蘸着水在腿上搓成的,并用自己的血染红的。

此树为什么叫吉祥柏?它的树冠长得像腾空而起的蛟龙,又像长啸山林的猛虎,别称龙虎柏。传说清道光年间,有一股土匪听说孙庄出了一家大户,便密谋来此打家劫舍。他们长途奔袭,行至老龙头已是日暮时分,忽然看见黑黢黢的不断变化的龙和虎,一会儿龙目射电,一会儿虎口大张,一会儿呼呼生风,一会儿嗷嗷嘶吼,瞬息变化之间,正赶上狂风大作,闪电霹雳。土匪吓得魂飞魄散,夺路而逃,竟然悉数跳进微山湖喂了鱼。后来呢,则是日本鬼子听说孙庄有百十条好汉参加八路军游击队,气得扬言要杀鸡儆猴,便让打小报告的汉奸带路,大年夜偷袭孙庄,指望逮住回家吃团圆饭的青年,杀掉饭桌上放着空碗的老人,以震慑游击队。也是到了老龙头祖茔地那儿,龙虎柏发威了,那龙来了个龙吸水,只听得一阵嗦嗦的响声,鬼子全都被吸进了龙的肚子里,再被喷出来,然后,饿虎下山,收拾他们像嗑瓜子似的,一口一个,还不够塞牙缝呢。于是乎,吉祥柏成了孙庄的保护神,家家膜拜,人人信奉,逢年过节必定在树上系一根红布条。

可吉祥树怎么不懂白毛驴的心思呢?白毛驴也应该献上一根红布条吗?一直在翻寻布条的爷爷,终于找到自己当年系下的那一组布条。当然也发白了。为什么说是一组呢？一共六根，每个儿子儿媳一根，他把六根布条的末端捆扎起来。这六根布条为谁祈愿，当时不知道，眼下有数了。

爷爷喃喃道："你是吉祥树、龙虎树，咋没见你给俺一大家子带来多少吉祥呢？俺家有龙有虎呢，俺向着你敬着你。过去的事俺就不怨你了，眼下你可得尽心尽力保佑孩子们啊！"

说着，爷爷脸上已是老泪纵横。添雨想，祖林老坟，是让人一旦想起，便会热泪奔流的地方吧？要不，望着满树飘扬的布条，怎么每双眼睛都水汪汪的呢？

这还没找到第六百号古柏呢。第六百号古柏在第六百零一号前面，在第五百九十九号后面。然而，在爷爷心目中，编号是树龄的顺序，得凭着对位置、树形的记忆，在林中仔细寻找，然后做出准确判断。当然，那棵古柏有一个最可靠的参照物，一座老坟，它便是孝子"晨夕攀木而泣"的那棵树，一棵同为四百岁的树。

爷爷看见了那座老坟，它同样拥有一座高大的青石墓碑。孩子们年年来此上香烧纸，只是清明那天要祭扫的老坟不少，对此并不特别在意。这回，爷爷认真了："刚才说护林，俺说个护林的故事。这座老坟里躺着谁？俺这一支儿孙的老祖宗。四百年前，嘉靖皇帝的时候吧，趁着沿海闹'倭患'，那会儿有一帮匪寇起事,叫官军打死好些人。土匪头子早先发过话,他的手下要是战死,奖二十两银子给家人,奖一口柏木棺材给死人。该兑现了,咋办呢?他们盯上了俺孙庄祖林。那时候,柏树是百年老树了,金贵着呢。他们带着刀枪剑戟,带着斧头大锯,恶狠狠地直扑老龙头。俺这位老祖宗自告奋勇,组织了一支队伍,靠着一个'忠'字、一个'孝'字,打得土匪哭爹喊娘,根本不敢靠近祖林。土匪恼羞成怒,临走的时候在山下放了一把火。正是天干物燥的初春,从前整个老龙头草木茂盛,祖林也大得多。真刀真枪,俺孙庄不怕,可熊熊大火借着风势,挡不住呀。老祖宗领着人扑了三天又三夜,祖林保住一多半吧,也算了不起啦。事后,找不见老祖宗了,全村人上山拉网似的,这才看见一堆灰,一拨拉,骨头还冒烟呢!老祖宗烧死在这棵树前。你们看看,这棵树是半拉子,这些年过去,过了火的那半边就是不发枝叶,奇怪吧?当时,找到他的残骸更出奇呢!怎么啦?看看左右过火的痕迹能猜着,那时候大火已经基本扑灭,他为吗还要迎着火头救这棵树,这不是求死吗?大家伙儿猜,见老林损失不小,老祖宗愧得慌呢。那个当儿子的,怎能不攀木而泣?"

于是,舍生取义的老祖宗被葬于殉难处,这棵古柏被命名为"孝柏"。现在,他的裔孙忽然意识到祖林的危机了。

因为有一大群失魂落魄的麻雀,忽地从南边飞来,落在祖林的树上和草地上，蹦蹦跳跳，叽叽喳喳，听得远处传来沉闷的隆隆声，麻雀又惊惶飞起，好像走投无路似的，在老龙头上空盘旋了几圈，然后，铺天盖地撒向远处的湖天。

那对花喜鹊倒是镇静得很。不为惊飞的鸟儿所动，不为仰望的眼睛所惑，只顾加紧装饰自己的安乐窝。是的，重建的鹊巢已经进入内部装修阶段。它俩还得衔泥粉墙，然后铺上细软，让雌鸟舒舒服服地在里面生蛋、孵窝。

而它俩的邻居们，住在青杨树上的众多喜鹊，正带着小喜鹊在练习飞翔。一些小乌鸦也来凑热闹，都是带翅膀的小伙伴，大伙儿一道在草地上尽情地撒欢儿。周围有蚂蚱蹦蹦跳跳，蜻蜓起起落落，偶尔传来几声蛙鸣，其乐融融的。

可这气氛叫人给破坏了。谁？添雨的大伯。他歪斜着半拉身子，一瘸一拐居然跑了这么远，居然爬上山来。他累得坐在岩石上一边喘气，一边嗷嗷大叫，叫的是爹。

孙一锤吓得脸色苍白，还以为村里死人火烧屋呢。等添雨的大伯歇了好一阵子，终于歇过气来，这才知道并不是火烧眉毛的大事。他告诉孙一锤，葆公有请，葆公想马上召集全村长老开个会，叫孙一锤列席，准备商量的倒是大事，赶紧成立护林队。原来，添雨在火车上看到的大火，查了一阵子，终于破了案，真的是坏人在杨集纵火，烧了一大片山林，只为报仇泄愤。那坏人的儿子是罪大恶极的汉奸，叫人民政府枪毙了，昨天正是那死鬼的忌日。

突如其来的大火，给全心全力忙着支前的解放区提了一个醒。于是，县上、区上立即派出公安员，要求全力做好后方的保卫工作，严防敌特捣乱，干扰战争大局。保卫的重点乃铁路交通，包括车站、线路和桥梁，以及支前物资收集、存储、运输的绝对安全。而葆公忽然觉得，祖林的安全也很重要。当年，孙长龙这孩子在方圆二百里的地界上威风八面，打得鬼子闻风丧胆，也叫汉奸老财恨得牙痒，要不，咋会有那么多关于他的流言蜚语呢？

爷爷一听，不无自得地笑了："哈哈，俺想在头里啦。连护林队的人都有数了，俺家全包吧。"

添雨乐了，抹抹油亮的头发，一挺胸脯："对，我们家有护林的光荣历史，有堪称祖林保护神的老祖宗，义不容辞，当仁不让！"

才学会的成语全用上了。光头添金当然赞同，因为村里实在也找不出更多人手，算起来，还是我们家人丁更盛。虽然老的老，小的小，残的残，添金却心知肚明，半身不遂的爹每天都要去地里去山上转一大圈。他怕自己倒下，他发誓要顽强地走下去，甚至跑起来。这不，他能上老龙头了。指不定哪天，他又是一条好汉，只要有如古柏不屈挺立的意志。

一大家子下了老龙头，在石桥上，忽然看见白毛驴迎面跑来，冲着添旺嗯昂嗯昂地吼。添旺对爷爷说："护林队里还有白毛驴呢，它比人能干。"

爷爷摸摸添旺的脑瓜子，声音是颤抖的："嗯，乖乖，谁说不是呢？它是俺老孙家的男人，俺孙庄的英雄！"

跟在白毛驴后面的，是小脚的奶奶。她手里还攥着喂磨的勺子呢。不用说，白毛驴是从拉磨现场逃跑的。它想添旺了，还是迫切要求加入护林队？不知道。那得问白毛驴自个儿去。

5

白毛驴

　　白毛驴迎着火头冲去，像一辆坦克似的，轰地踹灭一簇火。白毛驴冲一次，踹灭一簇火；接着回头，再冲，一趟又一趟。最后，它竟像英雄在战场上杀得兴起，索性趴下，沿着陡坡滚下去，压灭了势头最猛的那一片火。

搭好巢，喜鹊不敢再耽搁工夫，紧忙着下蛋、孵窝，没多久，一群肉乎乎的小鸟长毛了，翅膀还没硬，就想飞。啪嗒，钻出鹊巢的一只小喜鹊，落在添雨脚边。

添雨连忙弯腰捧起它。它的爹娘看见，可不乐意啦，先是喳喳喳地狂呼乱叫，见他不撒手，双双冲他猛冲过来，翅膀扇得风嗖嗖作响。它俩想夺回自己的孩子。可它俩咋夺呢？即便夺去，怎么把小鸟送回窝？各叼一只翅膀带着小鸟飞上去？要不，两口子一道抬回去，或者叫它爹扛回去？

添雨说："真跟我结仇呀？我看看它伤着没有，再帮你们把孩子送家去，不行吗？"

喜鹊听不懂人话，更看不清人心，见添雨捧着小鸟不撒手，它俩索性上前来抢夺，落在添雨的肩膀上、胳臂上，狠狠地啄他。添旺见状，连忙过来帮着轰鸟。可那是夺子之恨，喜鹊怎肯退让？

白毛驴生了气，嗯昂嗯昂，那嘶吼既突兀又怪异，好像还有回声激荡，把喜鹊吓了一大跳。喜鹊双双扑打翅膀，一口气蹿出多远。白毛驴对着它俩放一个响屁，跟打枪放炮似的，嘭！

男人在前线或支前路上，村干部全是女的，包括村长、副村长，以及文书、财粮员、公安员。因为看护祖林是孙氏宗族内部的事务，则由族中长老讨论，葆公拍板。实在也是抽不出人手，这事只能交给添雨家。

到了家里，爷爷这么分工，添雨、添旺和白毛驴一组，大伯和添金一组。每组管一天，从早上到天断黑，起码得绕祖茔地巡察二十遍。眼下天越来越热，两三个月没下一场透雨，特别得注意防火。当然，还得防坏人。听说邻近有个屯集点的仓库，前几天又叫坏人给纵火烧了。为了支援大军南下，老百姓从自己缸里舀出来的米呀面呀，全被烧成了炭。眼下，韩老师的任务，正是四处宣传并检查后勤保障工作。她专程来到孙庄，在区公所忙完事儿，顺便进了孙长虎家。奶奶给做了一顿槐花炒蛋，她尝了几口，说了一个字："香。"可吃着吃着，也许嫌菜炒得太干太淡吧，她流泪了，泪水啪嗒啪嗒掉进了菜碗里，槐花炒蛋变成了槐花蛋汤。

趁着喜鹊飞远，添雨又要爬树，添旺劝道："可别爬啦，喜鹊看见会过来叼你的。"

"不怕，你叫白毛驴替我看着它俩。"

也是，没人帮忙，从鹊巢里掉下来的小鸟怎么回窝呢？可捧着鸟，手脚使不上劲，上树并不容易。添雨想了想，脱掉已经汗湿的褂子，拾几根干草把褂子一扎，扎成一只小包袱，扎成小喜鹊的摇篮。他让添旺帮着把两只袖管缚在脖子上，再把小包袱移到背后去。他背着这个小包袱，噌噌噌，猴似的，一蹿多高。

那两只喜鹊一发现情况，火急火燎地，箭一样射过来。它俩忘记了白毛驴的存在。白毛驴在呢。白毛驴目光炯炯，一直紧盯它俩。嗯昂嗯昂，连声驴叫，吓得射向添雨的喜鹊猛然一个急转弯，撞进古柏浓密的树冠里出不来了。

爬到高处，添雨坐在树杈上，解开那只包袱，手捧小鸟轻轻放进巢里。"别再调皮啊，摔下去会要了你的小命！"他叮嘱道。接着，添雨忍不住数了数喜鹊的家口，嗷嗷待哺的小喜鹊一共八只，它们正冲着自己张嘴要吃的。

添雨又看到了微山湖，阳光照在湖面上，亮晃晃的。一大群白鹭从芦苇荡里冲天而起，在空中转了一大圈后，朝老龙头飞来。不过，白鹭似乎突然受惊了，先是领头的各自夺路而去，紧接着，偌大的队伍一哄而散。

白毛驴也感知了不祥，嗯昂嗯昂，一边吼叫一边不安地刨蹶子。这是向主人示警。添旺抚摸驴背，四下张望，问道："咋啦？没见有吗东西呀！"

白毛驴急忙打喷嚏，接连打了几个，神情有点儿夸哟。当然，添旺是跟白毛驴一块儿长大的，太懂得它了。它着急呢。

风是北风,从湖上吹来,给闷热的树林里带来了丝丝缕缕的凉意。且慢!风里咋没有往常的鱼腥味、水腥味,却有断断续续的焦煳味呢?添旺仰头大喊:"快下来,有情况!"

添雨其实已经看到从崖脚飘升而起的青烟。一道不高的山冈之所以叫老龙头,就因为临湖的山崖像龙头吸水似的伸进湖中,而那股青烟正缭绕在龙嘴上。他哧溜一声,抱着树干滑落在地上,拉着添旺往湖边跑。火已经烧起来。难道,有人划船到崖脚点火,或者扔下火种?可是眼前的崖下和湖面上并没有船的踪影。

白毛驴耳聪目明。它伸伸脖子,歪歪脑袋,喷喷鼻孔,支棱的耳朵听到了动静。崖脚下,有人藏在长着野艾、苍耳、臭蒿、婆婆针、狗尾巴草的草棵子里,小心翼翼地爬着。嗯昂一声,那人吓坏了,不藏不躲了,拔腿就跑,沿着紧贴湖边的小路。

添雨、添旺干瞪眼望着。因为扑火才是最要紧的,一旦火借风势烧上山,后果不堪设想。再说,从山崖上到崖脚没有路,是荆棘遍布的灌木丛,他俩也追不上那个狂奔的赤膊汉子呀。

白毛驴自告奋勇了。也不用使唤,它机灵着呢,没有跟在那人后面追赶。它猛冲下山,朝东斜插过去,去截那人逃跑的道。

添雨、添旺从崖上滑溜下去，举着树枝很快把火扑灭了。无疑，那人存心纵火，企图烧毁孙庄祖林，因为现场残留着还没烧尽的秸秆。夏天，草木繁盛，若有干柴草引火，一旦烧起来，熊熊大火能吞噬所有的绿。何况，有风助火威。

他俩顺着小路追上去。眼前的情景可好笑啦。白胖胖、肥嘟嘟的赤膊汉子叫驴蹽得掉下了湖。湖边水不深，仅没至腰间，可那人是个旱鸭子，怕水，吓得哇哇直叫"救命"，嚷嚷有水鬼正在拖他的腿脚。

添雨认真看看他的脸，感觉好像在哪儿见过，便问："你是杏屯的吧？狗名？"

那人梗着脖子不肯回答。白毛驴真有眼力见儿，嗯昂一声，还做了一个要往水里扑的动作。

"管住驴，这是驴吗？俺是杏屯的，刘二顺。俺哥是刘大顺。"说到他哥，刘二顺眼里不无得意。

"刘大顺很了不起吗？"

那双眼睛更得意了："那当然，俺哥当过司令，比你爹那个队长大得多，从徐州到枣庄，名声响当当。"

添雨一激灵："慢！你认识我？知道我爹？"

刘二顺乘机提条件，要求添雨把自己拽上岸。添雨冷笑道："看你嘴上毛不多，肯定没娶媳妇吧！不说，那就等着来个女水鬼，领你去喝喜酒进洞房吧。没听说那个民间故事吗？湖里的女鬼就喜欢你这般大的汉子，肉又肥又嫩的，每年都得招好几个上门女婿呢。"

于是，添雨从刘二顺嘴里一点一点地掏情况。刘二顺怎么认识添雨呢？原来，三年前，刘二顺出于好奇，混进了为添雨爹娘送葬的队伍，他也拄着一根丧棍子，那根丧棍子后来也成活了，长成一棵柳树。他知道，入土的不过是两个姓名而已，便琢磨着要破解这个秘密，反正闲着也是闲着。他是杏屯有名的懒汉，三百六十行学过三百一十六行，学一行嫌一行，可做这件事却勤快又执着，他花了一年时间，搞清了孙长龙游击队每个人的下落。游击队确实被鬼子伏击，大部分人战死，孙长龙夫妇却下落不明。不过，紧接着，刘大顺的队伍里出现了国民党特派员孙长龙及其女副官。想来他俩被日军俘虏，后为地下党所营救。刘大顺的队伍有上千人马，号称独立大队，抗战时独立于共产党和国民党之间，其实就是一支土匪武装。抗战胜利后，双方都在争取它，而刘大顺却为蒋介石的军队利诱所惑，企图拉着队伍投靠他们。

"俺哥被骗啦！受骗事小，你爹狡猾，冒充国民党，却把俺哥的手下一个不落地变成共产党。他们闹起义，杀了俺哥，拉走队伍。你说俺恨不恨？恨！"刘二顺哭嚎着。

添旺阴沉着脸，捡起一根树枝，狠狠抽去，刘二顺背脊上顿时留下一道红色印迹："叫你恨！胆敢烧祖林，淹死你才好！"

"放火不解恨，俺胆小，其实俺得杀人，杀孙长龙儿子，杀孙长龙全家！杀你整个孙庄！"自称胆小的人，嘴巴却硬得像鸭嘴。

添旺猛然瞥见一棵大树树杈下吊着一个巨大的马蜂窝，便想用树枝挑下来，甩到刘二顺身上去。刘二顺意识到添旺的图谋，马上发出挨刀般的哭嚎，叫得可惨啦。

这时候，激荡在添雨心中的情感，不是恨，而是激动，是从天而降的巨大喜悦。刘二顺说的情况错综复杂，他不懂，然而，在风云变幻的情况中，闪烁的信息熠熠生辉，格外明亮，以致叫人头晕目眩。那信息就是，爹娘活着，他俩以死蒙蔽敌人，继续像真正的英雄那样活着。夜晚听到的隆隆炮声里，有爹的呼喊、娘的微笑。不知爹娘是否像三叔一样喜欢吃槐花炒蛋？

添旺又给了刘二顺一鞭，扭头问正痴痴傻傻的添雨："敢这么凶，干脆弄死他吧？"

这很容易，添旺会水，一个猛子下去，便可以把他递交给水鬼打发。或者，根本不用下水，让白毛驴一直在岸上看着他，不时地吼几声就行，饿不死、泡不死也得活活吓死。

添雨摇摇头，问："去你哥队伍上的，真是我爹娘？你敢确定？你怎么知道？"

风有些凉了,水里的刘二顺带着颤音说:"俺哥起小在外,不认识你爹,可俺学做活,学一样丢一样,倒是结交了一群又一群人,枣庄地界的人俺认识一多半。俺哥骂俺游手好闲,逼俺吃兵粮去,一到队伍上,听说来了一个孙长龙,俺一看,面熟呢,跟你爷爷一个样。可俺哥死活不信,狠狠踹俺一脚,疼死啦,俺干脆逃回来。俺哥馋蒋介石的委任状,活活害死自己。"

"我爹他们带队伍去哪儿啦?"

"俺不知道。被解放军收编了呗,连好些国民党正规军也被收了编……"

添雨跟添旺商量,反正火也灭了,还是让他上岸,报告区公所处理,这搞破坏的罪够他受的。可白毛驴好像不同意,它不停地在岸边转悠着,不时地尥蹶子,尾巴甩得嗖嗖的,还放了两个响屁。

添旺对刘二顺说:"你刚才肯定把驴得罪了,它不肯放过你。你自个儿说咋办吧。"

刘二顺哭丧着脸央求道:"小毛驴啊小毛驴,风大,泡在水里怪凉的,俺总觉得有吗在拽着腿脚,吓得俺尿裤子。你怨俺刚才扯疼了你耳朵吧?你要把俺蹚下湖,俺怕。求求你,放过俺。上岸后,俺就去找公安员自首,天黑了给你送一袋豆料去,行吗?俺闻着屁臭,觉着你肯定喜欢豆料。"

爬上岸来的刘二顺,忘不了让人看看自己的一身肉,赤裸的上身因为被荆棘扎得血痕斑斑,到了水里,便成了小鱼的美食,鱼儿把血痕啄成了翻卷的白肉。他撩起裤腿,生了疮的双腿更是惨不忍睹,几个疮已变成深深的血洞,且有小鱼钻在洞里,恶狠狠咬着,拽也拽不开。

添雨说:"看看,小鱼宁死不饶你。你多招人恨呀!"

刘二顺逃也似的离开现场,添旺冲着他的背影高喊:"记住自首和豆料!"

白毛驴嗯昂嗯昂地吓唬他一阵子。不对,白毛驴眼睛看着老龙头那边呢。坏了!刚才的余烬变成明火,在龙嘴上蔓延开来。这时,从湖上刮来的风更大了,甚至可见火星子随风飞扬。

兄弟俩沿着湖边跑到火场边,折断树枝,用它扑火,火头往上蹿,人跟在后面根本不起作用,何况坡陡,有的地方爬不上去。这时候,添雨忽然明白,老祖宗当时为什么要迎着火头了。他拉着添旺绕了一圈,攀到崖上。烈火在他俩脚下,也在他俩眼前;浓烟在他俩身边,更在他俩的呼吸之中。热浪灼人,浓烟呛人,他俩一把鼻涕一把泪的。

添雨担心顶不住,叫添旺快回去喊人。火场距离祖林挺远的,若行动迅速,应该来得及。添旺不依。添旺说,有白毛驴在,那就不是咱俩,是咱仨。还不止呢,白毛驴能以一当十。在添旺心目中，白毛驴真是神一样的存在。

神自有神能和神威。添旺轻抚白毛驴的背脊，接着，在它腿裆里挠了挠，然后，一拍驴屁股，它意会了。

白毛驴迎着火头冲去，像一辆坦克似的，轰地蹍灭一簇火。这多半年，随处可见趴窝的蒋匪军的坦克，还是美式的呢！那钢铁的大家伙咋就不如肉身的小毛驴呢？白毛驴冲一次，蹍灭一簇火；接着回头，再冲，一趟又一趟。最后，它竟像英雄在战场上杀得兴起，索性趴下，沿着陡坡滚下去，压灭了势头最猛的那一片火。这样，添雨他俩就能轻易扑灭残余的火焰了。

接受教训，他俩脱得精光，抱着全身衣服去湖边浸水，再赶紧提溜着水淋淋的衣服上山，拧水彻底浇熄余烬。他俩光着腚不知跑了多少趟，才把过火的地方全部淋湿。

滚下坡的驴摔伤了腿，其实，这时，它已经不是白毛驴，而是黑乎乎的驴，而且身上没有毛，并散发出一阵阵烤驴肉的香味。

爷爷领人急慌慌赶来。隔得不近，他们看不见老龙头的黑烟，是喜鹊去报的警。不光是那对喜鹊，它俩还带着青杨树上的众多邻居和邻居家的孩子，一起飞到孙庄，在添雨家周围喳喳喳。那阵势多大呀，可把爷爷奶奶吓坏了，连百岁老人葆公也沉不住气了，大喊大叫的："快去看看，这回肯定不是捅鸟窝！"爷爷第一反应就是祖林里着了火。还有什么灾祸，能把群鸟逼出树林？

万幸，多亏了两个孩子，多亏了白毛驴。白毛驴叫人抬回家后，把奶奶心疼得不行。她一直在絮絮叨叨："世上最疼的疼，就是火烧水烫的疼。人疼了，能哭。你疼，咋办呀，不能说不能哭的，该有多难受呀。叫吧叫吧，你能叫，叫叫也许能缓缓。"白毛驴真是"驴坚强"，就是不叫，就是一声不吭，连喷嚏也不打了，屁也不放了。越是这样，奶奶越难受，于是，她找来各种药水，从前家里住着八路军伤员，留下了没用完的红药水、紫药水、白胶布。奶奶还向土郎中打听到，一些采自动物的脂呀膏呀，也能治烧伤。她从土郎中手上买来不少，不管三七二十一，只管往驴身上乱涂乱抹。白毛驴变成了花毛驴，叫奶奶打扮得全身花里胡哨。

把个添旺气哭了。也是，它还能叫白毛驴吗？奶奶却是言辞铿锵："孩子啊，好看难看不要紧，人家也是一条性命。它不说话，俺更得知道它的疼呀。"

添雨却牢牢记住了刘二顺的话。他以想念爹娘的名义，让爷爷陪着去了铁路桥边，钻进由丧棍子长成的柳林里。墓碑只是插进地里的木牌牌，上书"孙长龙之墓""梁红霞之墓"。

添雨平静地说："这是假的，我爹我娘活着！"

爷爷一直抹着溢出的泪水，好久才轻声说："他俩指不定真没出事……那个刘二顺说的？"

"他们为吗要诈死呀！"添雨终于忍不住号啕起来。

这是爷爷也解释不清的问号。爷爷所明白并乐意为之倾尽所有的，就是一个"义"字，就是谱训里的两句话，"宜国宜家""图报天下"！

爹娘活着，应该高兴才是。果然，事前添雨在柳树上藏下一大挂鞭炮。他爬上去，取下来，拆了封，用洋火点燃。很干爽的鞭炮，炸得酣畅淋漓，且惊天动地，把远远近近的鸟儿都惊着了。连吭哧吭哧刚刚上桥的火车也被吓了一大跳，汽笛声竟是抖抖的。

指不定，韩老师在火车上呢。

6

栽种一座桥

低矮的山冈上，泡桐构树丛中长着一棵卧龙槐，很小，最多才三尺长，可它的造型像一座桥。鬼使神差一般，添雨从别人手里夺下一把锹，返身去挖卧龙槐。他要把树移植到面向河的山坡上，让它向着对岸延伸，年复一年，跨越河床，长成一座绿色的桥。

韩秀丽真的在火车上。她腰间别着一把手枪,站在火车尾巴的守车门口,尽管每趟列车都有战士武装押运。

这些火车,有运兵的、运枪炮弹药的、运粮食被服的。转眼间,天气变凉,前线部队该换装了。可不久前,梨园车站的货房也被敌特纵火烧毁,烧掉的正是部队急需的做被服的棉花。

火车一趟趟地往南去,时有一车车伤员运回来,虽然忙忙碌碌,却也是开开停停。因为线路上经常出状况,有敌特暗中破坏;更有窜来窜去的敌机,逮住一个目标,扔几颗炸弹后赶紧溜之大吉。

铁路桥梁自然是敌机和敌特破坏的首选目标。桃河桥头先前设有民兵流动哨,由区公所派出的基干民兵值守,如今两头添了固定哨,每岗两人,扛的步枪整天上着刺刀。不论谁靠近,民兵都把刺刀尖对着来者的胸膛,哪怕是孩子。有个词可以惟妙惟肖地反映大战前的普遍心理:草木皆兵。

紧张是环境气氛造成的,除了各种真实状况,还有不胫而走的各种传言,哪里被炸、哪里被烧、哪里被投毒,等等。

其实,这一切很正常,毕竟已是山雨欲来,毕竟将要天日重开。

添雨和刘二顺便在桥头被刺刀尖顶住了胸膛。添雨说:"我爹的部队在对岸,我去找找不行吗?"

两个民兵眼睛瞪得像两对铃铛:"大桥封锁啦。要过河,光腚游过去!"

"为吗封锁?从前可以走人的。"

高个子民兵冷笑道:"从前,你还穿开裆裤呢,现在咋不穿了?回去换开裆裤,能证明你是孩子,那就让你过去。"

添雨一听,马上扒掉裤子,赤裸着下身。他冷冷地问:"光腚更能证明吧?"

两个民兵面面相觑,吃惊于这孩子的倔强,一个冲着另一个使眼色,表明打算放人的意思,另一个反而因此生疑,如此倔强的孩子可不是善茬啊,何况,他有大人带着。

民兵紧盯刘二顺。刘二顺连连摇头:"不让过,俺不过呗,俺回去行吧?"

一声汽笛,吓得精赤条条的添雨来不及蹬上棉裤,赶紧哧溜钻进桥头路基旁的刺槐里。火车疾驶而来,是一趟高声歌唱的兵车,中间有几节平板车上载着大炮,火车尾巴上果然站着英姿飒爽的韩老师。她微笑着向护桥民兵挥挥手,并冲他俩丢下来一个玉米面大馍馍。

馍馍落在轨道中间的枕木上,皮球似的弹了弹,滚进道砟里。高个子民兵猜想馍馍里大概夹有上级指示，赶紧过去拾起来，把个黄澄澄的馍馍掰开，拿出纸条，把馍馍两人一人一半分着吃了，可那指示却看不明白。

于是，他俩想到了"光腚猴"，叫添雨过去认认，声称他若能一字不落认出来，那就放其过桥。添雨捧着带馍香的纸条，傻了眼，上面写的是："上级命令，铁路桥梁禁止一切人员通过，包括孩童；水道中的摆渡、打鱼船只，一律不准靠近铁路桥梁，通航船只须经审批并由区公安员押运，方得从桥下驶过；各保卫单位须严密防范敌特破坏，确保运输畅通无阻。切切。"

"包括孩童"四个字，反复用笔加重，又黑又粗，像一条标语。显然，韩老师在警告自己呢。添雨后悔了，不该什么事都告诉韩老师。可一见韩老师，他憋不住呀。

寻找爹娘的念头，是刘二顺勾起的。这个游手好闲的刘二顺，因为如约自首、如约给白毛驴送来一袋袋豆料，竟然和添雨成了朋友，真是不可思议。

刘二顺找公安员自首，那是真的自首。他说："俺恨孙庄人，恨姓孙的怂恿人杀了俺哥，设计夺走俺哥的队伍，俺能不恨吗？为了恨，俺去孙庄祖林放火，可惜火没烧起来。

要杀要剐,政府说了算,俺没意见,反正活着也是活死尸,能给个全尸最好。"

公安员顾自乐了:"嘿嘿,杏屯终于出了好汉。行!转过脸,给你面子,俺打后背,争取一枪毙命,保证给你全尸。"

胖乎乎的刘二顺顿时尿了裤子。真尿,两条裤腿全湿了。接着,刘二顺用颤抖的声音问:"俺家有一片山林,百年的松树杨树有百十棵,俺捐给政府修铁路,行吗?"

公安员当即报告领导,答复是,非但可以不再追究他纵火之事,还要对他的捐赠行为给予表扬奖励,奖励是精神奖,在纸上画一枚"华东支前抢修铁路纪念章",等胜利了,拿它来换铜质奖章。百十棵树,能加工成多少枕木,能修好多长的线路呢?刘二顺说,估摸着能管一公里吧。

刘二顺给白毛驴送豆料,那是真的豆料。那天还没断黑,他扛着豆料上门来。一看,白毛驴伤得不轻,尤其是叫奶奶涂抹得色彩斑斓,可把他吓坏了。第二天,他从县城找来兽医,兽医说,皮肉没大碍,长长能换上新皮新肉,断腿恐怕一时半会儿好不了,人是伤筋动骨一百天,牲畜可能还不止,牲畜没有人的意志,它管不住自己啊。可白毛驴有,那一百天里,它光吃不动、光长心眼、长意志、长力气,决不伤着自己,一百天以后,咻溜站了起来。添雨觉得,这跟白毛驴的精神有关,也跟刘二顺的豆料有关。他一回回送来的豆料,那可是货真价实的营养品，只是驴屁更多了。

也就是说，归根结底，刘二顺算个实在人，指不定，人家大智若愚呢。刘二顺说，他其实很想参加随军民工团，可组织上嫌他哥当土匪，老百姓嫌他懒得出了名，那些支前的这个队那个队都不敢要他。添雨问："你在独立大队待过一阵子，还能认出那些人吗？"刘二顺答："当然能！"于是，两人密谋悄悄往南去，往解放军大部队扎堆的地方去，添雨想找到爹娘，刘二顺为的是出息一回，年纪轻轻的不上前线，遭人笑话呢，所有眼睛看他像看牲畜似的，其实，马呀骡呀驴呀多半也支前去了。

添雨去榴城车站多少趟，好不容易碰上韩老师。他说："韩老师你在指挥部管物资运输和调配，肯定知道刘大顺的独立大队投奔解放军后，现在叫几团几营。"韩老师干的就是警惕的活儿，当然得警惕："小小年纪，打听部队番号干吗？"心虚的添雨嚷起来："我爹娘活着，我该知道他们在哪儿！"

他的小心思，怎能瞒过韩老师那么明亮的眼睛呢？那是忽闪忽闪、格外清澈的眼睛。韩老师警告道："傻小子，可别乱跑，这场仗打得可大啦，子弹不长眼睛，嗖嗖嗖的。你祖孙三代看护祖林的事迹多感人，守好祖林，你在前线的爹娘可乐意啦。知道吗？眼下，树木是重要的战备物资呢！为了凑修铁路需要的枕木,沿线老百姓砍倒多少树啊。"

看看,"包括孩童"!还是韩老师最懂添雨吧?无奈了,只好撤吧。且慢,他忽然想起,头一个清明节来扫墓植树,他悄悄躲开众人,跑到桃河边的山坡上,面对南方号啕起来。那时,他便认定爹娘在远处,在南方,在河对岸。

低矮的山冈上,泡桐构树丛中长着一棵卧龙槐,很小,最多才三尺长,可它的造型像一座桥。鬼使神差一般,添雨从别人手里夺下一把锹,返身去挖卧龙槐。他要把树移植到面向河的山坡上,让它向着对岸延伸,年复一年,跨越河床,长成一座绿色的桥。他相信总有一天,自己能过桥去寻找爹娘。

年年跟着大人在墓田路边、在房前屋后植树,添雨懂得的不少。山坡土瘦,他把树坑挖得又深又大,然后填下淤泥、沙土、黑土、草木灰,还拉了一泡屎做肥料,这才把根苑带着土的卧龙槐抱过来,小心翼翼放进树坑里,填上土,再浇水。那是连丧棍子也能生根发芽的季节,移植在河边,能整天欣赏水景的卧龙槐,自然活得很新鲜。

添雨想念卧龙槐了,清明节必定要看望的卧龙槐。河面很宽,卧龙槐很小,每每见到,他似乎对此有些失望。要不,他怎会在奚公山做美妙的卧龙槐之梦呢?然而,此刻,走铁路桥遇阻之后,添雨忽然觉得卧龙槐伸长了许多,几乎跟梦中横跨溪涧的卧龙槐形态一样,只是桃河比溪涧宽阔得多。卧龙槐是一切阻遏将化为通途的寓言。添金居然说出这句话,奇人啊。

刘二顺隐约听到添雨的喃喃自语,嘻嘻笑道:"你真能编童话。俺读过几年私塾,知道那是童话。给你说个民间传说吧,杏屯人爱听的。"也不等添雨点头,他已经眉飞色舞了——

话说刘邓大军南渡黄河。这天傍黑,刘邓大军的先头部队开到黄河边,河里波涛汹涌,浪头很高。两岸老百姓的船只叫蒋匪军毁坏了,没有船,怎么过河呢?指战员急得团团转。这时,一位戴着墨镜的老将军却不慌不忙地命令部队,原地不动冲着黄河站好,然后,喊"预备——唱",大家同声唱起《三大纪律八项注意》,歌声震天动地,威武雄壮。说也奇怪,歌声还没有落呢,河面上风平浪静了。一会儿,又见河面上出现了一座红色浮桥。老将军笑容满面,大手一挥:"过河!"人马浩浩荡荡过了黄河。大军过河后,那座红色浮桥马上不见了,只见水面上有很多很多鲤鱼,要么优哉游哉,要么欢腾跳跃。

后来,据白胡子老汉说,那是河神显灵,帮助大军。那天,大军在河边唱歌,惊动了河宫。河神忙问传令官:"这是哪

路人马?"传令官回报:"是刘邓大军的先锋部队到了。"河神惊奇地说:"没料到他们来得这么快,真是神兵天降!前些时候,玉皇大帝召见我,说刘邓大军是专门拯救黎民百姓的,最近要渡河南下,命我助一臂之力。"于是,河神连忙召集水族头目,命三百里以内的黄河鲤鱼马上集中到刘邓大军这支人马渡河的地点,架成浮桥。当时,鲇鱼、鲫鱼、火头鱼、老鳖、虾、蟹等等,也都争着要去。河神说:"不必争了，只因鲤鱼是红色的，这支人马喜欢红色，让鲤鱼去才是。"说完，河神猛吸一口气，平息了河面上的风浪，接着，亲自率领成群结队的红鲤鱼，在河面上用它们红彤彤的身体，迅速架出一座长长的浮桥。刘邓大军的先头部队，就是踏着这座鲤鱼桥顺利跨过了黄河。

添雨喜欢这个美丽的传说，鲤鱼桥，浪漫的桥，老百姓用幻想编织的桥。它反映了人心所向，是通达胜利的人心之桥。为了记住这个传说，他让刘二顺又说了一遍。刘二顺说，他支前的念头就是听着这个故事萌生的，要是人不如鲤鱼，那该叫吗？那不是虫吗？

添雨傻傻地问："桃河里可能没有那么多鲤鱼吧？"

刘二顺眨巴眨巴眼，说得挺好："只要河神高兴，他不会从四处调吗？你看人家解放军，一声号令，四面八方的部队都过来了。再一声号令，老百姓呼啦啦全上前线去帮忙了。要是叫蒋介石到这儿来看看，他还不得活活气死呀。唉，俺哥真是鬼迷心窍，不知道老蒋的委任状盖的是阎罗殿大印！"

气急败坏的蒋介石，好像听见有人在鲁南的某条河边数落他，立马派来飞机。先是一架，像侦察机，在添雨他俩头顶上转了几圈,然后,害牙疼似的,哼哼着飞了回去。没过一会儿,来了两架,怒气冲冲的,是轰炸机,正对着铁路桥飞过来,扔下一颗颗炸弹。随着震耳欲聋的爆炸声,只见一根根水柱冲天而起,一团团浓烟弥散开来。飞过去的轰炸机不肯善罢甘休,转了一圈倒回来,又是一阵轰炸。直到看见横跨桃河的铁路桥不复存在,敌机这才嗯昂嗯昂像哪家的叫驴似的,扬长而去。

添雨和刘二顺呆呆的,一直盯着铁路桥方向。大桥两头不见人影,看来守桥的民兵凶多吉少。添雨提议过去看看,刘二顺却不敢:"谁知道敌机会不会再回头?"添雨竟有些恼火了:"刘二顺,你狗嘴里吐不出象牙!鲤鱼桥、鲤鱼桥,这下好了,你去求河神赶紧架设鲤鱼桥吧!你说你那嘴咋能这么晦气呀!"好像敌机是他招来的。

没想到,到了轰炸现场,从灌木丛里钻出来的两个民兵,包扎好自己手臂上、大腿上的伤口,二话不说,真把刘二顺捆了起来。民兵也想捆添雨,可孙一锤的大名让他俩肃然起敬。高个子民兵说:"嗯,这么一说,看看长得怪像的,老孙家的小孙子咋跟杏屯刘家二混子凑一块啦?被拐还是被骗?他勾引蒋匪军的飞机来炸大桥,你蒙在鼓里?"

刘二顺气得嗷嗷叫:"胡说八道!我勾引?你当敌机是你媳妇呀?我勾引得到吗?"

高个子民兵"啪"地给了刘二顺一个嘴巴子。刘二顺可委屈啦,他哭丧着脸嘟哝道:"怕你俩出事,俺过来看看。早知道你们这么不知好歹,俺吃饱了撑的来管这闲事啊!"

添雨呆呆地望着烈火熊熊的现场。桥梁一段段地栽进了河里,中间的两座桥墩挨了炸弹,完全垮塌。也许,南下大军往后真的需要一座鲤鱼桥,可是,鲤鱼桥能走火车吗?

两个民兵非要把刘二顺解送区公所不可。当然,添雨也得去作证。那就是过堂啊。区公安员问:"刘二顺,据民兵同志反映,是你给敌侦察机发了暗号,轰炸机才来的。你怎么解释?"

刘二顺问:"他俩看见我发暗号啦?"

"说你在手舞足蹈,对着河面指指画画。"

刘二顺哈哈笑了:"我在讲民间传说,鲤鱼桥的传说。不信,问孙一锤的孙子孙添雨。你想听听吗?"

添雨接过公安员的目光,点点头。公安员便让刘二顺说说,简单说,挑重点说。别看刘二顺平时满脸讨人嫌的样子,虚胖,慵懒,两眼无神,可叫他讲故事,他死鱼般的眼睛陡然活了,能骨碌骨碌地转悠了。他把鲤鱼桥的故事复述了一遍,公安员居然听得津津有味,并且,发表了很精辟的感言:"人民就是可以平定波涛的河神,就是可以招之即来的黄河鲤鱼!"

公安员盘问一番后,接着,再拐弯抹角,旁敲侧击,调查刘二顺的出身、经历和社会关系。问着问着,得知他竟然得到过"华东支前抢修铁路纪念章",虽然是画的,可那也是要兑现的啊!公安员不由得对其刮目相看了。

见到人家的笑脸,刘二顺洋洋自得道:"这没啥了不起,俺还有事一直懒得说。打小鬼子那时候,游击队不是老去炸火车扒铁路吗?扒开的钢轨枕木叫老百姓扛家去了。后来,鬼子修路,派保长领着兵上门去搜,主动上交的,一根枕木奖三百块钱,不肯上交的,'八嘎呀路死啦死啦'。俺悄悄藏下多少?三十根。俺夜里去扛的,神不知鬼不晓,全部埋在坑里。俺想着将来娶媳妇成家,拿枕木当劈柴生火挺好,枕木用油浸过,好烧。保长好像闻出味来,私下里劝我上交,俺跟他横,死不承认。俺哥带着队伍,他不敢得罪,这事糊弄过去了。今年反攻过来的蒋匪军叫解放军打败了,一路南撤,一路破坏。人民政府第一次号召群众支援修路那会儿,俺立马把枕木交出去,一文钱没要,只要了一张凭据。不信,俺找来给你看看。"

区公安员啧啧称奇:"刘二顺,原来你是个人物啊!"

通过这个人物,添雨认识了一条多灾多难的铁路。从今天起,韩老师不能再跟车南来北往了。

鲤鱼桥快快架吧,卧龙槐快快长吧!

7

火车趴了窝

过不了河的火车头像得了抑郁症似的,猛然拉响催促的汽笛。很反常的尖利汽笛声铺天盖地,把人们统统召唤到月台上,从车上卸下的物资,得靠肩扛车推送过河了。

如果顺风，在孙庄，能隐约听到火车经过桃河桥时的鸣笛，可这会儿没了动静。几天后，偶尔地，倒是从榴城车站上传来呜呜的汽笛声，几声短几声长，短的揪扯人心，长的叫人牵肠挂肚，那本是出事故的报警声，现在则是趴窝的火车头在急得乱嚷嚷。

爷爷也急，急得每天一睁眼便钻进打铁铺，两个孩子迷迷瞪瞪的，添旺拉风箱，添金抡大锤，孙一锤自己掌钳，没日没夜地打道钉。铁路又断了，得赶紧抢修呀。腰圆膀粗的光头添金，赤裸的上身肌肉鼓鼓的，颤颤的，闪闪的，添雨看见，老是担心火星子粘在他身上他会痛，会落下疤。每每听到铁件淬火哧的一声，添雨心里就一紧，就感觉闻到一股肉的焦味。

大伯也急，急得咕嘟咕嘟喝下一碗酒，卸下两块门板，送到村公所。再怎么着，支前不能停，挑着扛着也得把物资送过滔滔东去的桃河。听说架浮桥需要大量木料，老百姓纷纷捐门板床板，还有捐寿材、砍树的。"白头翁"大伯干脆把自己也捐进了运输队。他说喝酒能活血，半边身子自在了，又是一个壮劳力。

奶奶似乎更急,又是磨面、碾谷、摊煎饼,又是赶着做"反攻鞋"。全村妇女都在为军粮军鞋忙碌。做鞋挺费事,先在旧布上打一层糨子,再往上面均匀地贴碎布,铺一层,再刮糨子再铺布,层层叠叠糊成壳子。若干张壳子摞在一起,照着鞋底切出样来,接着用麻绳纳鞋底。奶奶纳的鞋底平整厚实且精致,除了壳子糊得均匀外,功夫更在针锥上。鞋底上针脚密密匝匝,千针万线,一排排,一行行,工工整整,有条不紊。功夫在眼里,也在手上。一锥子下去,在上下左右间找到那个点,靠的是眼力。一根大针引着麻绳穿过针眼,靠的则是手上的力气,而且得使巧劲。奶奶指着一堆军鞋对添雨说:"俺家二愣子真要是活着,指不定也能穿上。"

添雨急的是自己插不上手。一家人从来都拿他当没爹没娘的孩子宠着,爷爷怕他烫着,奶奶怕他累着。盯着奶奶刚熬好的一盆糨子,添雨嘿嘿乐了。奶奶怕不懂事的贪嘴猴拿糨子当面糊喝,总要往里面撒一把从锅底刮下来的烟灰。如今,三个孩子眼看长成大人,奶奶仍然改不了老习惯,还拿他仨当贪嘴猴防。添雨想上手帮着刮糨子,奶奶交给他一双鞋,支使道:"去去去,快给俺秀丽送去,听说她在榴城站上。那天,她来家,俺一看,心里有数啦,这一准合脚。"

千层底的布鞋,一针针穿的都是眼。跑到榴城站,只见一条条钢轨铺展在阳光下,银光闪闪,犹如聚集在一起会餐的蛇。过不了河的火车头像得了抑郁症似的,猛然拉响催促的汽笛。很反常的尖利汽笛声铺天盖地,把人们统统召唤到月台上,从车上卸下的物资,得靠肩扛车推送过河了。

月台上没见韩老师,添雨便跟着人流到了桃河边。一片狼藉的铁路桥废墟旁,一座浮桥已经连接两岸,它用粗大的绳索串联几十条木船,再铺上老百姓捐献的各种板子。可是,这么简易的桥怎能承载可满足前线的大量急需物资呢?

"你咋来了呢?来添乱啊!"站在桥头,添雨听到背后一声怒吼。

添雨回头,只见大伯笨笨地抱着一只面袋,他赶紧递上一只陶罐:"大爷,给你送酒来啦,给。"

"俺还有手吗?等着。等俺回头。"

大伯忽然停住脚步,想放下面袋歇一歇。添雨连忙伸手去接:"给我,我送过去。"

大伯凶凶地说:"一边去!"慢慢放下面袋,他边擦汗边感叹:"这么搬运也不是事,还得赶紧修桥呀!"

人流中的刘二顺耳朵倒是尖,车轱辘一偏,来接话了:"听说铁路局没辙啦,敌机把桥墩炸塌了,修桥等于重建大桥,这一时半会儿的,哪成啊?"

见着刘二顺,添雨猛然想起鲤鱼桥。对了,还有卧龙槐。他痴痴地说:"要是有能承受火车的鲤鱼就好了,要是有立马长大长粗的卧龙槐就好了。"

大伯问:"吗鲤鱼,吗卧龙槐?"

添雨说:"我见过横着长的树,能跨过小溪,可这条河太宽。他说刘邓大军过黄河靠的是鲤鱼桥,刘二顺,你给说说呗。"

也不能占着道说故事啊,堵住的人流中已经有人在不耐烦地吆喝,大伯抱起面袋,刘二顺推动小车,两人赶紧往前去。等他俩放下物资一道返回来,添雨正和韩老师等着呢。

韩老师带着抢修队几个人从铁路桥那边过来,一个个急得脸都变绿了,熬夜熬的。见着添雨,韩老师竟没有反应,接过新鞋,只是点点头。她心不在焉呢。心在趴窝的火车上。

"韩老师,我给说个刘邓大军过黄河的故事吧。"也不管人家爱不爱听,添雨张口就来。

抢修队的人满脸讥嘲:"哄孩子的,你多大啦,知不道?鲤鱼能搭桥,要人干吗?"

添雨生气了:"你能,你赶紧搭好,叫火车跑起来呀!"

现在修桥的难处在于,两座桥墩被炸毁,重建的任务非常艰巨,难在水下作业需要设备和技术,需要时间和耐心,而眼下最缺的就是耐心,时间也等不起。

韩老师不吭声，却在回味鲤鱼桥的传说。她手抚那双针线细密的布鞋，忽然叫添雨再把传说复述一遍。这回，添雨添加了他的想象，他想象的黄河鲤鱼很大。多大呢？大得像坦克，能在鱼背上架桥，架好桥，火车就能轰隆隆地过河啦。

疲惫不堪的韩老师陡然来了精神，她笑了，笑得像鲜花盛开似的。她的笑眼里有一座长长的桥，不是鹊桥，不是彩虹桥，比鹊桥更浪漫，比彩虹桥更壮观。

同样的桥，同样映现在大伯眼里。比韩老师眼里的，更真切，更具象。到对岸放下面袋折返的大伯，见到韩秀丽，急切地高声嚷起来："桥有啦！桥在老龙头祖林里！"

显然，他跟韩老师想到了一块儿去。韩老师眼里居然有泪，泪水盈盈的："你说说……快给抢修队的同志说说。"

大伯说："桥墩的问题难不倒俺，俺不会在河里垒木料吗？木料不能做桥墩吗？当然，这些木板子解决不了问题，可要是往河里填大树填古树呢？大树不能变成鲤鱼吗？大树甚至可以变成大海里的大鲸鱼，你们尽管在鲸鱼背上架桥！"

抢修队的几个人一听，先是一个劲儿地眨巴眼睛，接着，又忙着拍自己的脑瓜子，拍得噼噼啪啪的。这是开窍的节奏和旋律。

然而，紧接着问题来了，这得需要多少大树啊，从哪儿去找这么多树？这阵子，为了南下的火车，沿线的大树差不多都躺在了钢轨下面。抢修队的人拍完脑瓜子，一个个头疼了。

大伯却是豪爽，他说："俺老龙头祖茔地有的是古树，九百九十九棵，长了三四百年的柏树。那么多的树木，别说垒桥墩，截断桃河修一条通衢大道也不在话下。"

大伙儿面面相觑，那可是神圣的祖林呢！祖林关乎言之凿凿的谱训，关乎心怀耿耿的虔敬，关乎瓜瓞绵绵的期冀。谁能说了算，谁敢说了算？

又是咄咄逼人的一问。

"白头翁"大伯劈手夺过那只盛酒的陶罐，一仰脖，咕嘟咕嘟灌下一多半，添雨看得目瞪口呆。

酒能壮胆。果然，酒一下肚，大伯脸上红了，口气大了，胆儿肥了："谁敢说了算？俺敢！俺是抗日女烈士、女英雄的男人，要不是为了给俺媳妇打掩护，俺也是一条抗日好汉！指不定这会儿俺也上了打老蒋的前线。俺孙庄崇宗敬祖不假，可谱训里最重要的一条叫作：胸有大志，图报天下！"

一阵兴奋过后，韩老师冷静下来。孩子在祖林里掏鸟窝，惹得喜鹊日夜喧闹，长辈觉得惊扰祖灵，不惜去祠堂下跪以自我惩戒。倘若贸然去砍孙氏祖茔地的老树，其族人岂能轻易接受？最好是细致引导，让群众自我觉悟，自我奉献。她相信为抗日、为解放做出巨大牺牲的孙庄百姓，一定有这个觉悟。

韩老师想着想着，想出了办法。她笑盈盈地叮嘱大伯，回去后先别吱声，万一开口谈崩了，后面反而很被动，还是充分做好群众的思想工作为宜。怎么做呢？请刘二顺去说故事。兴许听着听着，孙庄人自个儿幡然顿悟了呢。

添雨觉得这是好主意。听到故事，韩老师和大伯不约而同地想到怎么去搭建另一座鲤鱼桥。孙庄聪明人不少，一旦开窍，肯定也会不由自主想到祖林的。

韩老师的目光投向刘二顺，刘二顺顿时慌了神："可别派我去啊，我嘴笨着呢！再说，上次我放的那把火，把自个儿烧成了光腚猴。一见着姓孙的，俺就觉得腚上没有毛，还火辣辣地疼。"

"孙庄'识字班'可多啦，你也不去？"没想到，韩老师也会开玩笑，而且，"嘿嘿嘿嘿"，她先把自己逗乐了。

"识字班"乃"青年女子"的代名词。从抗战时期开始，解放区的政府号召群众扫盲识字，参加识字班的多为青年妇女，喊着喊着，人们索性把一个个大闺女小媳妇叫作"识字班"，就跟把某个八路军战士叫成"八路"，把某个儿童叫成"儿童团"，把某个中年妇女叫成"妇救会"一样。

"天下'识字班'没有不嫌俺的，俺懒出了名。俺学一行嫌一行，还懒得跟俺哥去打仗，懒得跟俺爹去对付佃户，俺懒得也没错是吧?你给说说。"刘二顺感觉自己挺憋屈的。

"行啊,刘二顺,能有这个认识得表扬你。说故事是个机会呢,多说几遍,好好发挥,说得生动一些,让'识字班'刮目相看,指不定你就成了'识字班'心目中的秀才啦。"

接着韩老师的话头,"白头翁"大伯提示道:"鲤鱼桥的传说真不错,可是得巧妙地往桃河上引一引,桥墩给炸没了,火车趴了窝。这边支前物资堆成山,前线缺这又缺那,咋办?让人听完故事,都想着拿什么来垒桥墩。"

刘二顺对此充满信心。不过,光腚猴很快翘起了尾巴,师出无名呢,他要个名分。也是,有了名头,才好开展工作。韩老师想了想,说:"我找区公所,叫他们让你当个故事员吧。"

刘二顺竟冷笑了:"韩同志,蒙我啊?政府哪有故事员呀?怎么着,也应该叫宣传员吧。"

韩老师沉下脸来,一句话,差点没把刘二顺噎死:"宣传员任务重着呢,你懂土地改革吗?懂政权建设吗?懂妇女运动吗?你只会炒黄河鲤鱼的剩饭。干不干吧?给个痛快话,不然,让'儿童团'干!添雨,你去说。"

离开浮桥头,刘二顺跟着添雨直奔孙庄,故事员走马上任了。骑不上马,他就牵着白毛驴。吃了刘二顺不断送来的豆料,如今白毛驴对他挺友好的。刘二顺说:"白毛驴呀白毛驴,到了孙庄,俺怵得慌,你给壮壮胆呗。""嗯昂——"白毛驴同意了。刘二顺说:"俺来说故事,你白毛驴面子大,帮着吆喝吆喝人呗。""嗯昂嗯昂嗯昂——"白毛驴在宗祠门口嘶声大吼,果然招来不少人。刘二顺又说:"白毛驴呀白毛驴,一会儿俺的故事好听,你就不住嘴地叫,把全村老人叫来。俺的故事要叫他们听到,特别要叫那个百岁公听到,明白吗?俺家里豆料可多啦,够你吃几年的。"

白毛驴可不怕吃撑着,放屁正是消化食。宗祠门前的第一拨故事听众,都是女人,包括"识字班",也有"妇救会"。她们扎堆看热闹,纯粹出于好奇。在她们心目中,孙一锤家的白毛驴真是一尊神。天底下能让白毛驴驯服的人才几个?此君何德何能,竟敢牵驴说故事,比骑驴看唱本还悠然自得?

女人们听完故事,根本不理解其中寓意,面无表情的,哈哈大笑的,冷嘲热讽的,一百个人有一百种表情,认识却是共同的:为吗这么费事呀?搭鹊桥多好,从黄河北岸架到长江南岸,一座大桥跨过了多少江河?

这时,刘二顺觉着自己好比对牛弹琴,无奈摇摇头,接着,央求白毛驴:"你再使劲吆喝吆喝,俺再说给男人听。"

哪晓得,白毛驴不理不睬。看来,刘二顺自以为声情并茂的演讲，根本没有引起听众的兴趣，因为她们都知道那个传说是假的，连白毛驴也不感兴趣。

给刘二顺鼓掌的，只有添雨三兄弟。添雨鼓励刘二顺不停地说，见人就说，走到哪说到哪。添雨从韩老师那里听来一个故事，说南方有一个大湖，从前闹过大地震，震前有一个能掐会算的智者，预测到地震即将发生，可天机不可泄露，把他急坏了。不能明说，他只能暗示老百姓赶快逃命。于是，便化装成卖瓷器盘子的小贩，在县城大街上吆喝：卖边盘呀卖边盘。当地方言管"搬"字念"盘"，智者这话就是叫人快搬家的意思。可老百姓以为他是个疯子，没人听他的，结果闹地震了，县城被水淹了，人全部变成了鱼虾鳖蟹。

添雨说："你刘二顺也是智者呢！可孙庄不是南方，'识字班'听不懂没关系，她们会拿你当怪人怪事回家说去，家里的老人准能听懂。一次又一次的，事儿不就大了吗？事儿一大，还怕传不到百岁公耳朵眼里？老寿星是老神仙呢。"

果然，第二天，葆公托人给孙一锤带话来了："听说你家添雨那孩子能耐，带回一个故事大王，专说鲤鱼桥故事。把他送到宗祠里，给大伙儿说说呗，都去听听。眼下桃河桥断了，指不定这故事有弦外之音呢。"百岁公才是真正的智者。

进了宗祠院里，仰望着叶子正在慢慢变黄的古银杏树，刘二顺说自己心里发怵，古树是有灵魂的，他怕那些灵魂饶不了自己。

孙一锤笑道:"没日没夜的,你已经把故事说了百十遍,这会儿怕啦?你是区里的故事员,怕吗?区里给你撑腰。"

刘二顺说:"全村长老听俺说故事,这回得挑明,桃河能搭建鲤鱼桥吗?什么样的鲤鱼桥能过火车?"

孙一锤把刘二顺领进享堂侧面的议事堂,一屋子老人,一屋子疑惑的眼睛。精神矍铄的百岁公端坐正中,目光炯炯,问道:"杏屯的刘二顺?"

"嗯。"

"区里的故事员?"

"嗯。"

"上级派你来的?"

"嗯。"

"除了鲤鱼桥,你不会说别的故事?"

"嗯。"

"桃河桥断了,派你来说鲤鱼桥,肯定有目的吧?"

"嗯……不……"

"一个大活人不及俺养的小鸟会说话呢,只会'嗯'?"

"嗯……"

像审问似的。这么盘问下去,谁都明白桃河建桥需要什么鲤鱼了,需要能承载火车的鲤鱼,需要能担负南下运输任务的鲤鱼，坚固牢靠的鲤鱼。当然，老人们大多揣着明白装糊涂。尽管刘二顺绘声绘色，把鲤鱼桥说得生动极了。

出门后，爷爷孙一锤表扬道："二顺子，口才怪好的，好好走正道，将来跟俺秀丽说说，让你当个宣传员。全国解放后，那么大的国家，哪儿都缺能人呢。"

被热泪淋湿的跪

跪,像泪水,更像汹涌的潮水,以狂浪的力量拍打心灵的堤岸;堤岸经不住这般冲击,纷纷垮塌。更多的人不由自主地下跪,或者,顾左右而跪下。

大家上午听完故事,中午才放下饭碗,葆公派人来通知说,全村孙姓人家,一家去一个男人做代表,到孙氏宗祠商议大事。

这是河神发号施令的节奏啊!添雨乐坏了,接下去,该看桃河鲤鱼大显神威了。他也要跟着爷爷去宗祠。奶奶拦住他说:"翅膀还没硬呢,轮不着小孩子。"

爷爷却拽过他的胳臂,大声吆喝:"不是孩子啦!俺一大家四小家,添雨是老二家的代表!去吧,去吧。"

理所当然的,光头添金为老大家的代表。兄弟俩到了宗祠门前,有人拦着不让进门,孙一锤眼一瞪:"为吗?叫他俩的爹别打仗别支前,赶回来开你的会?"

一家一代表,三四百户呢,议事堂挤不下,众人只能站在院子里开大会。一阵阵北风,吹落一片片银杏叶子,飘洒在百岁老人葆公沉重的话题里。葆公清清嗓子,提高了嗓门:"各位族亲,论年纪,俺最长;论辈分,在座的有俺叔辈呢。念着多年来大家伙儿信任,俺没少抛头露面。今儿个,俺倚老卖老,再出一次头。这件事火烧眉毛啦,不赶紧解决可了不得。这样吧,全体宗亲面对大殿,齐声把谱训背一遍。一个个,先站直了!"

人们纷纷挪动身体,确切地说,是挪动思想,把思想集中在必须坦然面对祖灵的大事上。那么,此时,有什么大事呢?大家心里其实是豁亮的。

百岁公发令了:"高声背谱训!一,二,三!开始——"

崇尚读书,宜国宜家;
胸有大志,图报天下;
明宗敬祖,知悉根脉;
和睦族人,无愧贤达;
修身立德,日有三省;
克勤克俭,兴族兴家。

声音参差不齐,气势感天动地,惊得刚刚落在院内四棵银杏树上看热闹的鸟雀四散奔逃。

以上乃六条谱训的要则,要则之下有具体阐释,而在宗祠里举办活动,比如奖惩族人、协商大事,若需背诵谱训,谁都知道该背的只是要则,再说,也没几个人能记得全文。

有人记忆力不错,待众人住口,全场肃静,他却不管不顾,自个儿继续背诵,且字正腔圆,声如洪钟:"吾族人必知宗敬祖，必常思吾先祖创基之劳顿，必详知吾祖上忠孝节义之楷范，必常念吾祖庇护后人之恩泽，必常怀对吾先人之敬畏。对祖林家庙，必视以为圣；对祖遗器物，必视以为宝。"

此人年已古稀，人称开明公，为人跟名字一样，开明着呢！从前，他在榴城县城里有一条街，因为他乐善好施，老百姓管那条街叫开明街。小日本儿占领榴城后，他因暗中资助抗日游击队，遭到小鬼子的搜捕。开明公虽侥幸逃脱，可跑得了和尚跑不了庙，恼羞成怒的小鬼子一把火烧掉了开明街。开明公也是一条好汉，索性投身游击队。游击队队长说："你扛不动枪，当个交通员吧。"倔强的开明公，一封信把当账房先生的大儿子从济南召了来，让他丢下算盘，替自己扛起了三八大盖。开明公一生不幸，年轻时被土匪抢走三岁的小儿子，他倾尽资财搜寻无果；到了老年，他当八路军的独苗又在1943年反"扫荡"时牺牲，游击队竟然在烈士遗体上数出了十八个枪眼。开明公从遗书中得知，大儿子在弃商从戎之前，在济南城里留下骨血，那便是瓜瓞绵绵的希望所在啊。如此开明的开明公，应该是为祈求香火绵延不断而独自继续背诵吧？

祖林能荫佑子孙呢。这就是说，无需葆公开口，全村长者已经心知肚明，他们将面对怎样艰难的选择。看来，由鲤鱼桥的传说，人们不约而同想到了桃河桥，想到了足以承载火车的鲤鱼，应该是怎样坚韧、怎样刚强的鱼。

其实，跟着开明公继续背诵的大有人在。不过，他们或者轻言细语，或者喃喃自语，或者只在心中默诵罢了。

谱训余音绕梁，全场鸦雀无声。开明公仍不罢休，接着正色道："吗叫视以为圣？谱训警言说了：祠堂为家门，祖茔是根本，世代悉心呵护，切勿损坏玷污！"

百岁老人怔怔望着开明公，久久无语，宗祠院内的空气压抑得令人窒息。在场的大部分是老人，还有一些像添金、添雨这样的半大男孩。他们中有多少烈属啊！

眼下，所有青壮上了前线，连"白头翁"这样的病残身子也投入了支前。炮火连天的，谁知道哪家哪天会接到阵亡通知？既然如此，孙庄还有什么不能奉献的？奉献祖林也是为了战争尽早结束，为了让孙家子孙尽早凯旋，为了让祖灵清净安宁。明摆着的大道理，还用费尽口舌吗？

这是孙一锤说的。在这样的场合，照理轮不着他说话，他辈分小，年纪也不算大。可是，他实在憋不住，便怯怯地开口道："听到鲤鱼桥的传说，大家心里应该有了修铁路桥的办法。开明公背谱训，对祖林家庙，必视以为圣。说明他也有修桥的办法。俺昨夜从炕头滚到炕尾，想来想去，只有这个办法。俺说不出口，葆公你说吧，俺就四个字：图报天下！"

百岁公跟几个长老互视了好一阵子,接着,又清了清嗓子。他捋着白胡子说,这几天吃得太辣,嗓子上火,这几天没睡好,口舌生疮。他还说开明公家的独苗孙子越长越壮实,像爹,像爷爷,能写会算,将来一定出息。绕了半天,百岁公偏不说出那个字,那个砍树的"砍"字。他最后说出的一句话是:"俺看,把祖林捐了吧,俺老孙家满门忠烈,得图报天下呢。"

此话一出,百岁老人泪水双流,他的眼泪似乎也有一百岁,长得很沧桑,很遒劲,很滞重,一颗颗不肯轻易落地,而是沿着纵横的皱纹,满脸漫开去。在阳光下,那是一张波光粼粼的脸,一如夕照下的微山湖。

没有回应,没有呼吸,全场一片死寂。偌大的宗祠院子,好像没有人似的,只有林立的木桩,热爱银杏树的鸟雀误以为此处又成了无人之境,一拨拨儿先后飞临。有成群结队的麻雀,有独来独往的戴胜,还有公不离婆、秤不离砣的喜鹊。也许正是和添雨重结友好的那对喜鹊,可它俩的孩子呢,长大独立了吗?

添雨紧盯着它俩。添金用胳臂肘撞了他一下,眼瞅着另一棵银杏,努努嘴。树上竟有一只漂亮的大鸟,那是他俩从来不曾见识过的鸟。白头,颈后覆盖着鲜艳的金黄色羽毛,长长的尾羽,长长的细腿,优雅而高傲。难道它就是传说中的凤凰？有凤来仪，吉兆啊。

然而，凤凰受惊似的，忽然哗地飞起来，一对大翅膀扇起的风，撩起一片不安，所有鸟雀又一次惊惶四散。

站在人群中的添雨、添金看不见前面，不知究竟发生了什么情况。等到全场陆续跪下后，他俩才恍然。原来，人们纷纷下跪，求百岁公慎重，万万不能打祖林的主意。

最先跪在百岁公脚下的，正是开明公。清瘦细长的开明公，这会儿脸色如铁，眼睛如潭，两行泪水哗哗奔涌，居然淋湿了黑色棉袄的前襟。紧跟他下跪的，便是那二三十个能够背诵谱训全文的老人。他们虽然下跪在地，一个个却是身板挺直，正视前方，嘴角紧抿，同时，一张张脸上老泪纵横。

跪，像泪水，更像汹涌的潮水，以狂浪的力量拍打心灵的堤岸；堤岸经不住这般冲击，纷纷垮塌。更多的人不由自主地下跪，或者，顾左右而跪下。

一眼望去，院子里除了充当代表的孩子傻愣愣地原地站着，没有下跪的老人仅剩葆公和孙一锤，他俩也在流泪。就是说，院子里似乎看不到人，只有一双双泪眼，只有鸦雀无声的静默。

默默垂泪，不是抗拒，而是不忍；不是绝望，而是期盼。期盼硝烟散尽，家家团圆；期盼祖林清净，天下太平。

德高望重、从来一言九鼎的百岁老人，面对此情此景，竟然没了主意！他甚至连习惯性地清嗓子也不会了。老泪遮蔽了两只老眼。一双一百岁的大手，把一百岁的泪珠弹落在地上。

凤凰并没有飞远。依恋五百年古银杏的凤凰，发现院子里复归平静，小心翼翼地折返回来。它在树的上空盘旋，然后轻轻降落在树枝上，钻进树冠里。添雨轻声叫道："凤凰！"

轻轻一声，打破了院子里的死寂，一些好奇的脑袋仰起来张望。"傻小子，那是水雉。不过，它的小名确实和凤凰有关，叫水凤凰，微山湖上多着呢。""水雉不在湖上待着，飞来干吗？孙庄有喜事？"泪眼婆娑的老人们，跪在地上，窃窃私语。

那对报喜鸟也跟着飞了回来，叽叽喳喳。不光是它两口子，有一大群呢，是它俩的儿女吧？一大家子来给孙庄报喜，难道说，徐州归俺了？南京打下了？老蒋被活捉了？

这是所有人的心愿。当然，也是留下祖林的最好理由，没有之一。所有人的心里敞亮着。

然而，紧跟着鸟雀进宗祠的，不是什么鸟，而是撒腿跑来的人，一个气喘吁吁的胖子，脸色煞白煞白的刘二顺。院子里的情景吓着他了，他大瞪着眼，呼哧呼哧地喘粗气。

扫视院子，刘二顺看到添雨，大叫起来："添雨，不好啦！你爹娘没有啦，这回真的没有啦！"

跪着的人们齐刷刷站了起来，一起转身面对这个会讲故事的人，会编故事的人。有人怒喝道："再胡咧咧就撕烂你的嘴！滚出去，哪来的二混子！"

刘二顺居然号啕起来："真没有啦！俺哥原先那支队伍全部打没了，俺杏屯有五份阵亡通知书已经到区上啦！"

添雨竟毫无反应。是的，爹娘的故事对于他来说，像一个梦。睡着，梦来了；醒来，梦走了，而且，不留任何痕迹。光头添金唤醒梦中的添雨，生拉硬拽地把他弄进了议事堂。爷爷正用大手钳住刘二顺的肩头，严词追问着。

原来，刘二顺在区公所看到阵亡通知书，并听说有重伤员已送杏屯，猜想都是跟着刘大顺当兵吃粮的同宗兄弟，便赶紧回村看望。果不其然，重伤员是他堂兄，华东野战军三纵队一师三团的连长。上个月，三团接受在桑梓山正面阻击蒋匪军三个师的任务，牵制敌人，以利我军调动部队布置口袋阵。战斗的残酷可想而知，那座山几乎被炮火削平，而弹尽粮绝的三团仍在跟敌人拼刺刀肉搏。最后，整个团几乎拼尽，只剩下他堂兄的半条命。

刘二顺哽咽着说："真的，俺堂哥说的。不信，你们去杏屯问，反正杏屯不远。他还说，后勤供不上，吃不饱，穿不暖，都能扛过去；要人命的是弹药，仗打起来，断了弹药，那不就是送命吗？还能打过长江吗？"

议事堂里挤了一屋子人,大家迷迷瞪瞪,理不清刘二顺这一故事的人物关系。葆公却知道。葆公把孙一锤按坐在凳子上,挥手示意大家出门去院子里。

百岁老人又清嗓子了,这次,是真的清,吐出一口浓痰,他的嗓音响亮许多:"大伙儿不明白杏屯刘二顺说的吗?他说,添雨的爹娘,俺孙庄孙长龙和他媳妇,上个月在桑梓山阵亡了。为吗这样?一个团跟三个师打了两天两夜,压根儿不怵老蒋!可弹药供不上,只好拼刺刀,只好拿石头砸。可刺刀、石头能对付机枪和大炮吗?能对付吗?谁给说说?"

人群一阵骚动,大家面面相觑,百岁公这才意识到应该交代背景:"哦,大家伙儿该问了,孙长龙和他媳妇三年前不就下了葬吗?没错,葬了,可那两口棺材里葬的是两个名字,那两座坟是垒给人看的;出殡为吗叫那么多人、绕那么多路呀,也是演给人看的。那时候谣言可多啦,能容忍谣言辱没俺威名远扬的抗日英雄吗?是可忍,孰不可忍!指不定还能配合他俩执行秘密任务呢,那就演戏呗。后来听说,孙长龙两口子果然在前方演戏,把刘大顺的队伍拉到了解放军队伍里。那可是一支打仗不要命的队伍,一个团顶住三个师啊!要是能供上弹药,至于吗?"

一阵惊叹,一阵唏嘘,接着,院子里又是一片死寂。愣愣地扫视着人群,刘二顺忽然大声对麻木的添雨喊了一声:

"你爹身上叫敌人扎了十八个窟窿！"

十八，对于开明公来说，是一个扎人的数字。他惊愕地瞪圆了双眼，雷同的事实证明了同样的道理，就算战士们都是勇士，但手中的弹药不能断啊！

孙一锤走出议事堂，大块头的他这会儿挺直胸膛，似乎个子更高了。他目光坚毅，表情镇定，大声说道："这些天夜里，俺在炕上边滚边算数。从打鬼子直到如今，俺孙庄一共出了六十六个烈士，长龙和他媳妇也在其中，俺早就把他俩算在了里面，这回不用增加，还是六十六。可俺孙庄还有多少儿孙在炮火连天的前线，在车轮滚滚的路上？俺也算了算，一百八十八！一百八十八啊！俺可不能再让六十六往上涨啊！俺得保证一百八十八个好孩子都回来啊！谁家没留着好吃的等着孩子？开明公，你家为侄子攒了上百个鸡蛋吧？俺家留的是干槐花。长虎那孩子嘴刁，不爱鱼不爱肉，最爱槐花炒蛋。韩秀丽说，其实他从小懂事，舍不得吃好的。韩秀丽说得好啊，谁不爱鱼肉爱槐花爱腌豆子，他不成小傻子了吗？"

没有大道理，句句说在人心头上。祖林能荫佑子孙，而一百八十八个子孙在前线、在路上，桥断了，那就是说，能够支撑生命、养育胜利的供应断了。先人的在天之灵若能感知，他们一定惶惶不安，他们一定乐见老树变化为桥。

开明公弯腰拍打裤子，拍净膝盖处沾的泥土，接着大吼一声："别多说啦！孙一锤你开炉去，俺要一把柴刀！"

"给俺也打一把！"

"俺一把！"

院子里突然变成了打铁铺的订货会现场。要砍伐那片祖林不容易呢，都是三四百年的老树，又粗又硬，恐怕柴刀不管用，要大锯，要斧头。于是，人们为此热烈讨论起来。

百岁公决定，给两天时间，各家自备伐木工具。第三天一大早，全村男丁先在孙氏宗祠举行敬祖仪式，告慰祖灵，再去祖茔地祭拜，之后，动手伐木。现在，请村长赶快报告上级，孙庄全体自愿捐献祖林，以抢修桃河桥，叫铁路抢修队赶快来孙庄衔接，并指导村民砍伐、加工木料。

人们急匆匆散去。刘二顺拉住添雨，傻傻地问："哎，你爹娘死了，你怎么没哭呀？"

添雨还是愣愣的。过了一会儿，像是自言自语："他们原先真的没死吗？"

是啊，他俩死后，活了过来，现在又死了。会不会再活过来？死与活好比一种变化手段。

刘二顺说："你爹你娘真的死了，俺堂哥说，你娘攥着你爹的手，死在他身边。要是弹药足，再坚持十分钟，增援的大部队就上来了。唉……可惜。"长叹一口气，他又说，

"俺堂哥叫人把他俩葬在桑梓山的阵地旁边。等打完仗，叫他领着俺，俺陪着你去把他俩迁回来。叶落得归根啊。"

添雨撇了撇嘴角，委屈的泪，在眼里久久荡漾，却始终没有掉下来……

9

血泡很无奈

那可是一双白白净净、细皮嫩肉的手，一双会写字、会绣花的手。奶奶捉着那双手，又往上面乱涂乱抹，除了各种药膏药水，还有她自己的泪。

伐木的日子提前了一天，等不及啊。趴窝的火车没日没夜地嗷嗷叫。听说孙庄乐意捐献祖林，干部和抢修队的技术人员乐颠颠的，来来往往。韩秀丽干脆住下了，睡在奶奶炕上。爷爷孙一锤呢，搬去炉火边，躺在砧铁上、铁锤把子上。他活儿多着呢，哪敢有工夫合眼啊。

全村人都急。各家当天便备好工具，有刚刚锻打的，有上县城新买的，还有从别处亲戚家借来的，无非就是大锯、斧子和柴刀。一个个提溜着家伙什，迫不及待地催促百岁公。村中长老当即敲定，火车不等人，赶紧的！

第二天一大早，全村人汇聚在孙氏宗祠，男人在里面举行仪式，不能进宗祠的女人则在大门外等着。

天忽然冷下来，北风嗖嗖地刮，刚出山的太阳白瘆瘆的，长了白毛一样。鸟雀们有灵性呢，早早落在宗祠院内的银杏树上，呱呱呱，喳喳喳，啾啾啾，不知说些什么闲言碎语，包括那对喜鹊。添雨已经认识它俩，见着添雨总是再三歪头示意的那对，便是。

添雨心里一紧：这么多鸟雀都来自祖林吧？该不是谁懂

鸟语，走漏了风声，它们来闹事？也是，祖林被砍伐之后，以祖林为家的鸟雀怎么办？它们该流离失所了！

然而，大势已定，人们正在大殿里走仪式程序呢。敬祖仪式本来相当繁缛，此时，却是简洁明了，只为告知祖灵、敬祈神佑。先是鸣金（鸣钟）三点，发擂（擂鼓）三通，奏乐（以二胡、唢呐为主）。接着，主祭葆公就位，面对祖龛鞠躬，三拜，上香，祭酒，拱杯止乐，诵读告文——

恭维我祖，世德流芳。诒谋燕翼，长发其祥。木本水源，铭心难忘。图报天下，为训为常。捐献祖林，为国为乡。栽培有功，福祉无疆。香焚一炷，酒献三觞。祈英灵有感，助南下解放，佑后世繁昌。伏惟！尚飨！

百岁老人的声音哽咽了。所有的眼睛饱含泪水。接着，老少男丁一起鞠躬，跪拜，再依次上香、祭酒。青烟袅袅，端坐在上方的祖灵欣然默许了吗？

出了宗祠，百岁公对在外等着的韩秀丽和女村长说："行啦，俺家族内部齐心了，砍树、加工、运输，你俩大胆指挥吧。孙庄人明理仗义，没有调皮捣蛋的。"

韩秀丽眼里竟有些湿润。她是梨园人，梨园离孙庄近着呢。去年也是为了修铁路，当村长的她爹自以为人缘不错，习惯于咋咋呼呼，要砍伐古树。殊不知，两块老林地的古树乃神圣祖林，他强令砍伐的结果是，村人分为两派斗了起来，树没能砍倒一棵，人却砍伤几个。上级把村长职务给他撸了，新村长一上任，动之以情，晓之以理，说服长老并利用其威望，去做群众工作，半个月后，那些树木乖乖地变成了电杆和枕木。而且，其间和之后，全村人没有说怪话的。把她爹羞得，一赌气，随军去支前，不幸遇上敌机轰炸。

"亏得您老出面啊！"韩秀丽感叹道。

葆公捋捋白胡子，笑道："该，谁家都有孩子在南边。其实呀，老百姓最懂事理。"

谁说不是呢？眼前这支浩浩荡荡的队伍，便是最生动的证明。然而，这支向老龙头进发的队伍，还不及砍伐工具整齐呢，除了白头、毛头，就是长发，而且以长发居多。那些长发的确不可小觑，她们是"识字班"和"妇救会"，是妇女中的青壮，是巾帼英雄。可她们面对的参天大树，绝不是菜刀锥子就能对付的，她们中有多少人能拉大锯、抡斧头啊？

百岁公慢慢跟在队伍后面，一路上不停地念叨："光是这些人哪成啊？非得砍到猴年马月不可！叫村长赶快把民工队撤回来，这才是支前大事！"

头一天,葆公必须上山,因为到了祖茔地还有仪式。爷爷让添雨和添旺一左一右搀扶着他,添旺当然少不了带上白毛驴。"他可是俺孙庄活在世上的老祖宗啊,千万别摔着累着!"爷爷这样交代。有了白毛驴,怎么会累着老祖宗呢?

祖茔地的仪式更为简单。在一片老坟前,点燃大大的一盘鞭炮,腾腾烟雾中,由葆公领着,老少妇孺齐刷刷跪在坪地上,叩拜三次。然后葆公清清嗓子,即兴说道:"列祖列宗,裔孙已经告知你们的在天之灵,并得到慨然应允,俺孙庄出于大义捐献祖林。今儿个,不孝裔孙来了……哪有青壮男丁啊,都是妇女孩子,冲这,你们的在天之灵也要保佑儿孙赶快来家啊……"说到动情处,老人竟然潸然泪下,停顿了好一会儿,才接下去,"列祖列宗,一时惊扰,正是为了长久安宁。待到打下南京,全国解放,俺孙庄子弟凯旋,那时,他们一定会重建家园,再造祖林,还家乡故园于春华秋实的沃野之上,还列祖列宗于百鸟来朝的万绿丛中……"

添雨惊呼道:"哇!百岁太爷爷诗人啊!"

没错,读过两年私塾的葆公真的喜欢作诗填词。此生,他写下两本诗集,一本叫《风月诗草》,另一本叫《抗战诗笺》,风月是少年的憧憬,抗战是晚年的心志。那些抗战的诗词从前在孙庄墙头发表过,扛不了枪,老人只能拿墙头当战场。

接下去,便是众人再叩首。起身后,一些人手持点燃的线香,给每座老坟插上三支。其他人则在村长和韩秀丽的指挥下,分散到各处去砍树。葆公再三叮嘱,别扎堆,散开点,千万不能砸着人。还有,动手前,一定得给老树拜一拜,礼多人不怪,树也不怪。

葆公刚刚放言称,孙庄没有调皮捣蛋的,找事的忽然站了出来。又是看上去器宇轩昂的开明公。他和三个老人没有散去,守候在葆公身边,却是期期艾艾的,似有话要说。

葆公沉下脸来,没好气地说:"咋啦?反悔啦?问问你们手里的柴刀斧子答不答应!"

开明公两眼炯炯放光,言辞却是绵里藏针:"俺哥儿几个无怨无悔,可一到祖茔地,看见这么些老树马上将荡然无存,心里直打鼓,斗胆请葆公和诸位长老细加斟酌,是否可以为后世留一些忆想,为今人存几份纪念?"

百岁公的那一绺白胡子微微发抖了:"留下一些,别砍尽,是吧?桃河多宽,大伙儿心里有数,万一只差那么一截架不成桥呢?材料不怕多,哪儿都用得上。"

开明公见他面有愠色,害怕了,可不敢气坏百岁老人,这么一想,言语不顺溜了:"俺想,得留几棵……作纪念,让后人知道……老树有多老,祖林有多大,为吗毁……毁在俺这辈手里,是为了一个'忠'字,一个'义'字……"

百岁公很不喜欢那个"毁"字,气呼呼地问:"这叫毁,毁了吗?俺捐献,俺让九百九十九棵老树派上了大用场!哼!"

开明公满脸羞红,道:"息怒、息怒。俺没文化。说毁不对,可俺也说了忠和义呀。这大忠大义,谁也不能否认!几百年过去,后人也不敢否定!不过,俺几个老哥觉着,还是留几棵古树为好。比如连体为骆驼的骆驼柏,预兆胜利的阴阳乾坤柏,系满红布条的龙虎柏,上面挂着全村的吉祥祈愿,是吉祥树呢,还有孝柏,先人孝行的见证,那个'孝'字可不敢丢……"

百岁公真的生气了,气得双手发抖,声音发颤:"可笑!荒唐!没了那几棵树,孙庄就不吉祥、后人就不孝了吗?"

开明公顿时慌了神:"不不……怪俺不会说话……俺的意思只是留几棵老树作纪念。"

"你不会说话,咋能把生意做到县城去,做到济南去?你心眼活呢。俺还说孙庄没有调皮捣蛋的,未必!"

那三位老人连忙上前围住百岁公,或轻抚胸口,或轻拍后背,或轻声劝慰。百岁公镇静了,想了想,便让添雨、添旺把几位长老叫来商议。没想到,几棵树的问题,居然也让人十分为难。老人们挣扎在百岁公设置的牛角尖上:万一架桥就差这么一棵树怎么办?铁路能缺一截钢轨、一根枕木、一颗道钉吗？火车能少一个轮子、一块刹瓦、一只螺帽吗？

留下几棵老树，应是人们共同的愿望。要不，怎么没有一家冲那几棵树去呢？是的，故事树因为寄寓了人的祈愿，被赋予了神威，尤其令人敬畏，谁敢冒犯？长老们对付百岁公的办法，就是不吭声，装作打盹，有的还真睡着了，呼噜打得比前线更热闹。昨夜里，有多少人为祖林耿耿难眠啊。

百岁公无奈，只得妥协，留下一棵孝柏。他的逻辑是：不管胜利柏在与不在，胜利就在前方，就在人民的掌中；不管吉祥柏在与不在，吉祥就在明天，就在子弟凯旋之日；可孝柏必须永在，不管贫贱还是富贵，无论平凡还是卓越，"孝"字可不能丢。而且，子孙越是出息，越要叫他们牢牢记住，孝顺父母乡亲，孝敬家园土地。

真是美妙的逻辑！居然让固执己见的开明公等人折服了，他们为此拍了几下巴掌。当然，在嘈杂的老龙头，那样的掌声甚至不及鸟鸣之声。随着咚咚的刀砍斧剁声，鸟雀更加惊惶，叫声也变得更加凄厉，它们扇着翅膀在祖林里乱飞乱撞。

爷爷叮嘱，仪式一结束，赶紧送百岁公下山回家。可百岁公不依，非要找地方坐下看着不可。愣头愣脑的添旺不耐烦了，说："你这么大年纪，坐在这里不嫌碍事吗？"

"哦，这货！够冲的！嫌俺不中用？给俺一把斧头！"

添雨连忙劝道:"别别,添旺的意思是说,来砍树的,能管用的,就是'识字班'和'儿童团'。爷爷辈的,来了不少,可刚动手呢,一个个都坐下了。"

百岁公扫视一圈,果然。不过这也是预料之中的情景,现实很无奈啊。添雨接着说:"送你回家,我俩赶紧再来,不就多了两个人手吗?"

"你俩能行?"

"添旺可是抡大锤的!"

百岁公恍然大悟:"对,我等闲人使不上劲,还牵扯力量。你们快叫那些七老八十的撤了吧。"

兄弟俩搀扶百岁公走出祖林时,老人发现一个问题,很大的问题。砍树讲究着呢。大家弯着腰,一下又一下,一刀一斧头,充其量只砍掉几片树皮木屑,有时刀斧只能在树干上啃出一道痕迹,有时甚至刀斧砍过去就被粗壮的树干弹起。放倒一棵树,需要多少时间,谁也不知道。大家能马上感知的,是掌上的血泡,是眼里的金星,尤其是腰酸背痛。于是,便有不少人干脆直起身子砍,这就是说,一个树干将留下半个身子长的树蔸。这是多大的浪费啊!能为一棵树斤斤计较的百岁公,看到这个情形,自然会气得大吼大叫。

"停下停下!这叫砍树?这是糟蹋!俺要是年轻,俺恨不得贴着地皮砍!你们至少得蹲着砍吧!树蔸不是木料吗?

那是最结实的料!"

接着,百岁公派给添雨一个活儿,名头挺响亮的,叫检查员。这检查员专门检查砍伐的高度,树蔸不得高过地面一尺,不然,给予处罚。处罚办法挺严苛,得贴着地面把树蔸锯断,或者整个儿挖出来,当劈柴烧火摊煎饼。

七老八十的跟着百岁公撤了。祖林里的伐木者,都是中青年妇女和半大男孩子。面对那么粗的古树,什么工具也不好使。人们一会儿拉大锯,一会儿抡斧子,累得直不起腰。挺拔的古树却不折不弯。

添金的脑瓜子水淋淋、亮灿灿,闪耀在祖林的深处。他挑了一棵最粗的树,使的是斧头。他说,要是有黑张飞使的那种板斧就好了,砍倒一棵树,保准只需三板斧。在这支队伍里,添金算是壮劳力,然而,他围着树身砍了一圈,砍出一道凹槽,发现斧子吃不进后,换柴刀继续砍,越是深入越不得劲。照这样的速度,真不知何时才能架起桥梁。九百九十九棵柏树,留下一棵,那也是九百九十八棵,另外还有三十棵青杨呢。

一整天下来,只有一棵柏树被砍倒,添金砍的那一棵。它倒在日暮时分,倒在欢呼声中。那是一棵相当顽强的树,早在半下午,树蔸处已被砍出深深的凹槽,树心却没有断。如果不是它枝繁叶茂,被周围的树木牵绊着,几个人合力应能推倒。然而，林子太密，山坡平缓，要放倒一棵大树很不容易。

添金当时像疯了一样，不顾韩老师她们的劝阻，爬上将倒的大树，用力挥舞斧头，劈掉一些枝杈，只听"咔嚓"一声，大树底部断裂开来，树冠缓缓倾倒。人们失声惊叫："添金，快跳！"

添金才不呢。他骑在树上，像幼时骑着竹马。他举起斧头，却见双手鲜血淋漓。

"添金，你出血啦！"树下的人们喊道。

"不碍事，血泡破了。我一个成天抡大锤的人，怎么也会满手血泡啊？奇怪！"

添金疑惑地闻了闻巴掌，有血腥味，更有刺鼻的树油味，古柏树干渗出的汁液竟是红的！竟像黏稠的血浆！这样的树该有人的血性吧？或者,该被人敬若神明吧？添金不敢声张。

倒下的树，被周围的树架着。跳落在地上的添金，劈断那些横七竖八的枝枝杈杈，才让一棵古柏老老实实地躺在了地上。把它截断，就能垒桥墩，就能架桥梁，就能过火车。可是，照此速度，那得耗费上千个日子。

"养个孩子该三岁了，养头毛驴能产驴驹子了。"这话是奶奶说的。奶奶捉住一双双手，看了又看。那些磨破血泡的巴掌，让奶奶心疼得不行。奶奶心疼孩子的表达方式之一，便是逮着爷爷不住嘴地骂,骂得不讲道理,骂得汪洋恣肆。

"老不死的,除了打铁,你还会干吗?你说说。这么冷的天,你躲在炉边烤火,让孩子上山砍树,你安的吗心?难怪俺长龙,第一回挣钱就去买日本洋皮鞋孝敬你,那是笑话你不着调呢。难怪俺长虎,爱吃槐花炒蛋。蛋是俺养的鸡下的,槐花是俺栽的树开的、俺打的、俺晒的,跟你不沾边。你打下那么些斧子柴刀,也得有人使呀!该不会明儿逼俺上山砍树吧?"

爷爷听惯了,不,他听不到。一进打铁铺,他就是聋子,或者说,他耳朵里只有锤声。其实,人们上山之后,他立即开始琢磨怎样改进工具。那么粗大的古树,必须有合适的伐木工具。为了让工具能更深地吃进树干,他试着把柴刀锻打得更厚实一些,把斧头锻打得更阔大、轻巧一些。

工具革新的效果显而易见,添金之所以能砍倒那棵最粗的树,正是因为用了新

的斧头。孙一锤大受鼓舞,啃了两块煎饼,又钻进了打铁铺。

　　此刻,奶奶最心疼的手,是韩秀丽的手。那可是一双白白净净、细皮嫩肉的手,一双会写字、会绣花的手。奶奶捉着那双手,又往上面乱涂乱抹,除了各种药膏药水,还有她自己的泪,眼泪啪嗒啪嗒掉在磨破的血泡上,疼得韩秀丽直咧嘴。

　　添雨大叫一声:"奶奶,你把韩老师弄疼啦!不带这么折腾人的!"

　　奶奶一转身,扔过来一个气呼呼的笤帚疙瘩。

10

鸟雀流离失所

鸟雀们这时感到了真正的威胁。祖林里的那些常住户，比如鹧鸪、画眉、斑鸠和戴胜鸟，整日叫个不停。特别是喜鹊，它们索性纠集在一起，成群结队在林间捣乱。

刚开始惊慌失措的鸟雀,慢慢镇静下来。它们觉得林中的砍伐不过是妇孺的游戏而已,索性加入这个游戏。因为人人满手血泡,砍伐真的变成了游戏,疼得龇牙咧嘴也要坚持的游戏。

鸟雀参与的方式多种多样。比如:玩"芝麻开门",悄悄叼走"识字班"的手绢或"儿童团"的干粮,藏在蓬草棵子里,让人满世界寻找;玩"小猫钓鱼",爱臭美的鸟儿,在林间不停地叫着跳着,喜欢招惹心神不宁的男孩子,像蝴蝶吸引钓鱼的小猫一样,以此取乐;玩"官兵捉强盗",甘当强盗的鸟雀,故意挑衅手握斧头柴刀的"官兵",一旦激怒"官兵",它们便逃,等着人来追,追追逃逃的,能闹上半天。

与人在一起,鸟雀们开心极了,整天在林子里叫唤,甚至懒得去觅食了。韩秀丽不禁自嘲道:"以前哪有这么多人陪小鸟玩呀?看把它们乐的!"

尽管调回来一些支前民工,但是砍伐进度仍然很慢。太慢了!两天过去,才砍倒几棵树,看来必须调集专业的队伍,调集全县的木匠。可是木匠原本就是吃四方的手艺人。这几年打仗打得没人敢置业,木匠为了生活必须另谋生路,因此,靠行政命令是找不着木匠的。

添雨知道韩老师正为找不着木匠发愁,冷不丁地想起刘二顺。刘二顺当过木匠呢。

添雨忍不住把懒汉刘二顺的话学给韩老师听:"俺学过铁匠,怕火烫着。学过木匠,怕刺扎着。学过厨师,怕烟熏着。学过教书,怕孩子烦着。想当解放军,怕吃不了那个苦。想当国民党,更怕丢不起那个人。"

韩秀丽笑得咯咯的:"懒人总能为懒找到理由。不过,这个刘二顺也算个人物,识时务者为俊杰嘛。"她想了想,问道,"当过木匠,后来不是没当吗?"

添雨抹亮头发,说:"他是二混子,成天混吃混喝,枣庄地界上的人他认识一多半。要不,我先去问问?"

韩老师点头应允。

当日天刚断黑,刘二顺竟然领来二十多个木匠,人家扛的全是大锯,两人各执一头使劲拉的那种大锯。木匠师傅挤满了铁匠师傅的低矮小屋,爷爷孙一锤直冲奶奶挤眉弄眼,意思是正在饭点上,该供人吃喝。临时请饭,菜上哪儿弄去?

奶奶舍不得那些槐花那些蛋，对了，她还攒下一些干鱼。无奈，乐不可支的孙一锤已经把藏在橱子里的酒坛抱了出来。

顿时，刘二顺眼里放光："老哥们，俺说得没错吧。孙庄人热情仗义，满门忠烈！这回，人家把祖林捐献出去，了不起啊！将来肯定要青史留名的！老哥们也做了贡献的！"

奶奶只好忙不迭地去厨房做菜。趁着韩秀丽来端碗，奶奶轻声提醒道："秀丽啊，可不敢叫外人去祖林砍树啊，俺老孙家没男人吗？这事千万得请老祖宗做主。你别出头，让那老不死的去。"

其实，韩秀丽正为此纠结着。这些木匠一进门，她顿时眼前一亮，心想：树木很快将变化为桥。然而，转瞬之间，她的眼神暗淡下来。孙家祖茔地不容外姓人涉足，更不容外姓人染指。让这些木匠们砍伐祖林，孙庄人岂能轻易答应？只怕连深明大义的百岁老人对此也爱莫能助呢。事关重大啊。

酒已倒进碗里，哪里还等得上菜？坐的坐，站的站，粗瓷大碗被撞得吭吭响，一个个豪爽得很。木匠是什么人？常年走村串户，一生阅人无数。有些地方管木匠叫"博士"，此"博士"知识也渊博得很。比如，其所到之处，宗族源流和村庄环境，习俗民风和人情世故，主家性格和人物关系，他们皆了如指掌。所以，一碗酒下肚，胡子拉碴的梁师傅居然挑破了孙一锤的顾忌。

他倒是爽快:"孙叔,俺进门已经问了三遍,明早吗时动工,你没回话。俺懂,俺们都懂,庄户人家出身,咋能不懂这个道理?俺姓梁,你二儿媳梁红霞是俺远房姐姐,这么算来,俺也是老孙家的姻亲吧?再不行,俺做你儿子!"

"吗意思?"不胜酒力的孙一锤舌头大了。

"不能吧,没听懂?俺是说,老孙家要是顾忌俺是外姓人,不宜去祖林砍树,那么,俺给你做儿子,改梁姓为孙,行吗?"梁师傅显然是认真的,他在拍着胸脯的同时,一把搂住了添雨。添雨该叫他舅舅的,他是添雨娘的娘家人。

看着疑惑的孙一锤,刘二顺赶紧补充道:"这些师傅都是可怜人,生逢乱世,空有一身好手艺,谁不盼着赶紧打败老蒋,天下太平?看看他们,四五十岁了,还孤苦伶仃着,娶不上老婆的,骨肉离散的,家破人亡的,一人一本血泪账。为吗?打仗打的!找到他们可容易啦,他们全部参加了支前队,支前就是人心的证明。"

添雨拽拽他,贴着他耳朵说了一句话:"喂,韩老师真应该让你当宣传员!"

"就是嘛。"刘二顺意犹未尽,继续表扬木匠师傅,说,"听说要砍孙家祖林的树,师傅们在路上已经商议好了,攀亲呗!枣庄就这么大点儿,山东就这么大点儿,谁跟谁都沾亲带故,只是没有闲工夫去梳理那团乱麻。嘿嘿,不是乱麻,路上随便扯一个人,就跟孙庄脱不了干系,有的还是血亲呢。陈师傅、陈师傅——"

应声怯怯站出来的陈师傅,令孙一锤大吃一惊,清瘦白净的长脸,炯炯有神的双眼,太像开明公了。不错,他就是开明公失散多年的小儿子。当年,有一次土匪袭扰开明街,不抢钱财不抢物,只是抱走了这个小男孩。原来,是徐州的一个陈姓富商愿出巨资接续香火。陈家终于有了后,岂料,陈家也从此被那些土匪当作了摇钱树,土匪时时登门敲诈,陈家五六年间便家道中落,一蹶不振。陈姓富商临终前痛诉土匪之恶,痛悔自己之罪,并告知儿子真实身份。于是,这位陈师傅于十六岁去并无记忆的家乡周边学艺,游走四乡二十余年,始终不敢进入孙庄。

没想到,认祖归宗竟有如此直接的方式,一句话能打通所有的经络。陈师傅未沾酒,却也像醉了似的,语无伦次:"我认识爹……早先开明街遭火灾的时候,我在那儿,哭天抢地的那个就是爹……可我没敢过去!我能过去吗……他会认我吗……"

又惊又喜的孙一锤大叫一声:"添雨,快把开明太爷爷叫来!"

"孩子脑瓜子灵着呢,早去啦!"这是奶奶的声音。

刘二顺也咋呼起来:"别急、别急,俺话还没说完。师傅里面至少有百岁太爷爷的三个外孙子,当然是表的。再说,师傅们表了态,不认沾亲带故的,也行,大不了改孙姓,做孙家的儿子呗,眼下没有比尽快通火车更重要的事!"

众口齐声附和道:"就是就是!"接着,大家又端起酒碗。那么一小坛酒可不够喝哟。

然而,一下子添了这么多孙家子弟,这么多用得着的能工巧匠,酒还能不管够呀?随着添金把百岁公搀扶进家,添雨领来开明公,添旺带来村长,后面接踵而至的就是酒,各家送上门的酒,为胜利之时、团圆之日备下的好酒。

纷纷抱酒端菜上门的邻舍都说:"听说俺家大侄子来家,俺过来敬杯酒。没想到,这么多侄子啊!"

开明公进门,根本不用介绍,一眼便从人群中认出儿子。儿子则一头栽向父亲,当堂跪下,连连磕头。开明公蹲下,捧着儿子的脸一边端详一边哭着说:"你叫孙长青,记着,长青,青。"父子俩紧紧相拥,一阵号啕大哭,大家也跟着抹泪。

忽然,开明公推开儿子站起来,对着葆公说:"您老和村里说咋办吧!俺没二话,都同意!俺有儿子啦,俺吗都不怕啦!"

孙一锤正贴着葆公耳朵说事,也许是就祖林禁忌请老人拿主意吧。百岁老人捋着百岁胡子,不小心捋断了一根,他将捏着的断须送到眼底下，察看了许久。

"外姓人不行！说吗也不行！那可是俺孙家的祖茔地！"葆公斩钉截铁地说。

"亲戚呢？"

"亲戚？那得看远近，远的不行！俺外孙？俺咋不知道有这些外孙？远了去了。"百岁公扫视屋里，目光变得疑惑。

"要是人认了爹娘，随孙姓呢？"

"改姓？真改假改？哦，决心不小，真改是吧？给俺老孙家做儿子是吧？行！那得把话说明白，将来要上谱的，上孙氏宗谱。告诉他们，好好想明白。上谱仪式要选日子，架桥不敢耽搁，这样吧，明儿在宗祠举办仪式，必须先行告知祖灵。族中大事，都得禀报老祖宗的在天之灵。"百岁公一一回答孙一锤，声音不大，人们却听得分明。

梁师傅当即声明要做孙一锤的儿子，改梁红剑为孙红剑。孙一锤作揖道："别别，另请高明吧，俺可生不出你。俺六十四，你该年过半百了吧？"

梁师傅哈哈大笑："俺长得太着急，不是说梁红霞是俺姐吗？"

也许百岁公被这些师傅感动了吧，他迟疑半晌之后突然又发话道："行啦行啦，干亲就行，认干爹吧！别改姓了，姓是亲爹给的，哪能说改就改？俺也得明事理。这是八辈子碰不着的美事，祖上没有规矩，俺说了算吧！谁让俺活到了一百岁呢？"

于是，当场又有两位师傅愿认孙一锤为干爹，刘二顺也凑热闹来认爹，孙一锤说："行啊行啊，反正不要俺管饭，俺认下了。"那些不吭声的，应是心里已经有了想认的干爹干娘。

很意外的，刘二顺变戏法似的，从怀里掏出一条肥大的黑布裤子，一本正经地说："认干亲可不是嘴上说说，得有个仪式，请俺娘穿上它，俺几个钻干娘的大裤裆，这叫作视同己出。"

孙一锤接过大裤子，哈哈大笑："真有心啊！不，你们是真心为支前！怪叫人感动的。好好，视同己出！当然得视同己出！"他瞅瞅在灯影里倚墙纳鞋底的奶奶，示意她站出来，奶奶狠狠瞪了他一眼。

于是，孙一锤高声宣布："解放区早就不兴封建迷信啦，俺喝酒认亲！"

韩秀丽给每只碗斟上酒，举杯敬道："各位师傅，我被你们感动了。坦率地说，见到你们，我既高兴，又犯难。好些话儿，真不好开口。你们反而想在了前面，这可是我不敢想的事情啊！哪怕给别人做儿子做孙子，哪怕随了别人的姓，也要赶紧完成支前大事。这说明，老百姓真心实意盼解放，盼安宁。我代表政府,代表部队,谢谢你们!我敬大家!"

感动的泪水滴落在碗里,也是酒的味道,也有酒的醉意。韩秀丽的嗓音带着哭腔:"要说啊,随孙姓,挺光荣的,孙家人称满门忠烈,那可是实实在在的数字,已有六十六位烈士,眼下有一百八十八位子弟在前线、在支前路上。每一天,这数字都可能会起变化,要是不能赶紧通火车的话……"

气氛忽然变得压抑,因为那些数字太沉重。于是,女村长嘿嘿一笑,接着韩秀丽的话头说:"师傅们好好表现,孙庄的'妇救会''识字班'多着呢,如花似玉的,心灵手巧的,能说会道的,要吗样的有吗样的,紧着挑。当然,人家也得挑你!"

众人顿时乐翻了,大呼小叫起来。奶奶却眼白一翻,撂过来一句话:"你是当村长还是当媒婆啊?"

此夜注定是一个不眠之夜。这么多壮汉去哪里睡呀?葆公临走时发话,叫人打开宗祠大门,让他们进去歇着。可梁师傅谢绝了。今夜,他们仍是外人。

木匠们挤在打铁铺子里熬了一夜。因为刘二顺也在其中,添雨得去陪着。刘二顺说:"俺给他们说鲤鱼桥的传说,故事没说完呢,他们都知道桃河该怎样架鲤鱼桥了。"

仪式于第二天一大早举行。至于该叫什么仪式，族中长老也理不清，除了孙长青找到亲爹，大多数人拜了干爹，谁也想不到，经村长撮合，竟有两人入赘当了上门女婿，速度比火车快。还是百岁公说得有道理，叫告知仪式，人们能做的，唯有告知祖灵。二十多位木匠师傅齐刷刷跪在孙氏祖灵温情脉脉俯视的目光里，再三叩首，仪式之后，一切便顺理成章了。

队伍浩浩荡荡地出发，大树轰轰烈烈地倒下。鸟雀们这时感到了真正的威胁。祖林里的那些常住户，比如鹧鸪、画眉、斑鸠和戴胜鸟，整日叫个不停。特别是喜鹊，它们索性纠集在一起，成群结队在林间捣乱。喜鹊捣乱可有能耐了，它们声嘶力竭地大呼小叫，如同抗议一般，没完没了，吵得人心烦意乱；它们还敢付诸行动，排开阵势，对着干活的师傅猛冲过去，翅膀扇得林子里起风，呼呼的，最要命的是，那些呼扇的翅膀就在人们眼前来来回回的，影响干活呀。

孙长青便因此受了伤。飞来飞去的喜鹊晃得人眼花，他一分神，叫大锯给拉了。巴掌被拉出一道口子，血哗哗地流。一旁看着的开明公心疼得不行，急得他撩起棉袄就撕，撕下一块布条，缠裹在儿子手上。一夜之间，开明公找到了儿子，非要紧跟着儿子不可，好像怕儿子再丢了似的。师傅们在锯树，开明公就在一边坐着，不时地吆喝大家喝水休息。

喜鹊是祸害呢。开明公忽然找到活儿干了，他砍下一根树枝做工具，在林子里驱赶喜鹊，扑打喜鹊。添雨见了，也如法炮制。一老一少，高举着树枝，企图把鹊群逐出老龙头，撵到微山湖上去。

然而，那可是一群即将流离失所的喜鹊、不得不为此背水一战的喜鹊，或者说，是一群智慧的喜鹊、懂战术的喜鹊。它们的战术是，你进我退，你退我追，你停我扰，你打我飞。它们的飞，可以飞上高天，让人干瞪眼；它们的退，可以退到大湖之中，让人白高兴，因为，人一转身，它们就能飞回，就能降落。

如此循环往复几个回合后，开明公筋疲力尽，把工具一扔，瘫坐在地上喘粗气去了。添雨仍然兴致勃勃，乐此不疲。他叫正在砍树枝的添旺帮忙来撵鸟，添旺没好气地哼了一声，嫌他小儿科呢。

其实，喜鹊怪傻的。树木纷纷倒下，惊飞起无数的小虫子，这些小虫子正是鸟雀的美食。一些常住的鸟儿发现这个秘密，兴奋得忘记了一切，顾自埋头啄食起来。也许从老龙头的鸟鸣声中闻到了香味，路过的鸟儿纷纷降落，成了老龙头美食的掠夺者。饱餐一顿后，它们把这个消息传达到了四面八方。

于是，四面八方的乌鸦忽然出现在添雨的视野里，也就毫不奇怪了。乌鸦从四面八方朝着老龙头聚集，远看像正迅速扩散的黑烟，近看像一张撒开来的黑色大网，铺天盖地罩下来。所有的人都成了这张大网里的鱼，所有的鸟雀瞬间没了踪影，或者说，各种鸟雀都被染黑了，变成了乌鸦。

是的，喜鹊也变成了乌鸦。就像它们曾经被鸦群裹挟着那样。在鸦群里，刚才喧闹不止的喜鹊，竟然变得老老实实，毫无声息。它们像乌鸦一样觅食，一样跳跃，一样飞起。它们融入鸦群，飞往云水之境，消失在湖天尽头……

乌鸦是孝鸟慈乌啊！添雨想念爹娘了。这一回，是真的想，因为桥梁很快就可以修通，火车马上就可以奔跑，爹娘一定会回来！刘二顺的鬼话，谁信呢？连爷爷奶奶都没太当一回事。

热乎乎的一滴又一滴的眼泪，从添雨眼里掉了下来……

11

雪冢

　　入冬后的第一场雪，纷纷扬扬，下了一整夜，覆盖了一片狼藉的老龙头。曾经浓密的祖林，已经变得稀稀落落，依然耸立的古柏，变成一座座雪塔，参差错落地散布于各处。倒下的大树则横七竖八地躺在地上，形成一道道高低错落的雪坎。

大树被伐倒后,人们还得劈除枝杈,按抢修队的要求截断,加工成方料,再运到桃河边的修桥工地去。正忙着组织运输队伍的时候,忽然下了一场大雪。

入冬后的第一场雪,纷纷扬扬,下了一整夜,覆盖了一片狼藉的老龙头。不过,各种形态的雪堆仍能反映现场的状貌,从而透露出砍伐的进度。曾经浓密的祖林,已经变得稀稀落落,依然耸立的古柏,变成一座座雪塔,参差错落地散布于各处。倒下的大树则横七竖八地躺在地上,形成一道道高低错落的雪坎。而码成垛的方料,颇像童话里的雪屋子,住着白雪公主的小屋子。

一些松鼠住在用枝叶构筑的屋子里,一蓬蓬,高高地耸起,那样的建筑更像雪的帐篷。雪帐篷不时发出哗哗的响声,枝叶承受不了雪的重量,撒娇或耍赖呢。刚准备出来欣赏雪景的三五只松鼠受到响声的惊吓,连忙缩了回去。

围护老坟的祖林变得稀疏、空旷之后,一直藏在绿荫丛中的老坟变得分外醒目,密密匝匝的,坟圈连着坟圈,墓碑挨着墓碑,那是多少辈的老祖宗啊!他们安安静静地在此长眠几百年,古树曾为他们遮阳祛暑、避风挡雪,祖林曾为他们涵养生气、寄寓期望,而现在,老坟暴露在冰天雪地里,成了挨挨挤挤的雪冢。

"白头翁"大伯见状,便觉得双膝发软。他一下子跪在厚厚的雪里,朝向老坟连连磕头,磕得满头满脸都是雪。皑皑白雪,不及"白头翁"的头发白。

添雨和添金兄弟分立左右,伸手想把他拽起来。可他太沉了。他有沉重的思想,还有格外沉重的情感。也是,一个可以因为喜鹊的喧闹而责己的人,怎么面对眼前的现实?从此,祖林荡然无存;从此,老龙头将仅存孝柏!

添雨怯怯地说:"大爷,已经办过敬祖仪式,百岁太爷爷主持的,在宗祠里磕头,还来老坟上了香……"

添金一把摘掉脏兮兮的黑棉帽,露出热气腾腾的脑瓜子,得意地炫耀:"仪式过后,大家动手砍树。我砍倒的第一棵,难砍着哪,还是得用大锯。那些木匠师傅上来,快得多了。俺跟开明太爷爷的小儿子孙长青搭档,一天能锯七八棵,俺俩一共伐了五六十棵!厉害吧?"

万万没想到,从雪地上爬起来的"白头翁",奖赏光头添金的是一个响亮的大嘴巴子。

三个孩子蒙了。添金捂着脸,眼里却喷着火,紧盯着他爹。而添旺冷冷地看着,嘴角边泛起一丝冷笑。

在三双眼睛的逼视下，心虚的是大伯。似乎为自己找台阶下，他恶声恶气地嘀咕道："砍就砍呗，还敢逞能，还敢炫耀！觉着挺光荣是吧？面对这么些老坟，你问问自个儿！"

偏偏这时候，当上区宣传员的刘二顺赶过来，大呼小叫的："大爷、大爷，听说你回来啦，俺赶快来问问，咋样？找着他俩没有？"

大伯又找到了出气筒，这回不是呼嘴巴子，而是当胸给了刘二顺一拳。猝不及防的刘二顺脚下一滑，摔了个仰八叉。大伯上去就踢，他本身腿脚不便，且用力过猛，人没踢着，自己却摔倒了。然而，即便倒下，他也要爬到刘二顺身边，抡起皮槌狠狠地揍人家。

揍人的理由很奇怪。"俺孙家的祖茔地是你来的地方吗？你没随孙姓吧？孙庄谁会认你这懒汉二流子！告诉你，快滚！别让俺在孙庄的圣地上见着你！见一回，揍你一回，揍断你的狗腿！"

刘二顺坐起来，满脸堆笑道："俺叫你大爷，是跟着添雨叫的。其实，俺该叫你哥，大哥。木匠师傅来的那天，俺拜你爹孙一锤为干爹啦，差点钻了大裤裆。你爹，不，俺爹可仗义啦，没二话，也没过脑子，立马点头同意。要不然，俺不敢上老龙头呀。事后，他醒过神来，骂俺说，鳖羔子，让你占了俺三个孙子的便宜。嘿嘿，俺也占了你的便宜。不过，都是为了这些树，为了那座桥。"

被孩子们拉起来的"白头翁"，还是狠狠地踹了刘二顺几脚。刘二顺尖叫道："俺没得罪你吧？没头没脑的！"

"你胡咧咧就该挨揍！"

"俺吗时胡咧咧啦？"刘二顺爬起来，梗着脖子讨要说法。

"黄河鲤鱼能架桥吗？你见过？你叫鲤鱼架的桥？你是二傻子娶媳妇——做梦呢。"

"那不是民间传说吗？"而且，是"白头翁"当时也叫好的传说。在火车趴窝、人们一筹莫展的时候，它是能启人心智的传说。刘二顺扫视面前的一大片雪冢，恍然顿悟：人家心疼了，舍不得了，内心纠结了，愧对祖灵了。也是，才十来天吧，翁郁茂密的祖林已经变得惨不忍睹，鹿豿早就迁徙他乡，鸟雀尚在流浪路上，鼠兔仍然等待观望……等待观望的结果，一定是祖林的荡然无存。

刘二顺懂得"白头翁"的心事，一时无语。他想了想，打岔道："你去桑梓山没寻着他俩吧？俺说别急别急，让俺堂哥领着去，你等不得，非要自个儿去寻不可。桑梓山可不是老龙头呀，它大着呢。"

一句话，又惹得大伯勃然动怒："俺就想撕你的嘴！连你堂哥的嘴一道撕！"

"咋啦咋啦?"

大伯满脸讥嘲之色:"你堂哥眼瞎啊?那是俺弟弟、弟媳吗?俺弟弟才三尺长吗?俺弟媳能扎个圆髻吗?吗眼神!窟窿倒是有十八个,可他俩是队伍上的伙夫和帮厨,四十多岁,没见人家握着菜刀吗?哼,还给他俩坟上插上木牌牌:'孙长龙、梁红霞之墓'。等俺把活儿忙完,一准去找你堂哥算账!"

"啊?真的?哎,炮火连天、硝烟弥漫的,人身上扎了那么多窟窿,还不血肉模糊呀!再说,俺堂哥丢了一条腿,疼得糊里糊涂,还能想着托老乡埋葬战友,够伟大……喂喂喂,孙长天,俺的老哥哥,这不是好事吗?你生吗气呀!这说明他俩命大,还活着,还在前线打仗!好家伙,难怪仗越打越大!"

原来,支前的大伯随队伍走着走着,来到了桑梓山。返程途中,他索性在桑梓山里转了几天,访问了山里的几个村庄,踏勘了阻击战的整个战场,最后在一位老乡的帮助下,找到插有木牌牌的小土包。扒出来的那对男女,并不是孙长龙、梁红霞,而是老乡的亲戚。他俩给队伍做饭,后来竟也毅然上阵杀敌,壮烈牺牲。

添雨默默地听着,像是听着别人的故事。刘二顺忍不住冲着他大喝一声:"添雨,你爹娘活着!"

这一声把大伯也惊醒了:"是啊,他俩活着!添雨,听见没有?该高兴!该高高兴兴的。俺今儿是咋回事,见祖林这样,心头沉甸甸的,该高兴!树砍了,桥就通了。火车跑起来,胜利就快到啦!添雨,该高高兴兴的!"

可添雨满脸疑惑:"凭吗说他俩活着?整个团不是只剩下一条腿了吗?"

大伯一怔。刘二顺赶紧答话:"你大爷扒开坟,认定那俩人不是。没死就是活着!俺堂哥那会儿离断气近着呢,他的话哪能当真啊,那是发烧说胡话。"

添雨钻牛角尖了:"没死就是活着?怎么能证明没死呢?"

连大伯也摇头了:"哎,你这孩子!人家不是说紧接着增援的大部队上去了吗?所以说,弹药千万不能断。好啦,干活去!该干吗干吗去。"

从今天起,最重要的活儿就是把方料赶紧运往桃河边。火车趴窝这些天,远近车站上的支前物资堆成山,而前方粮草告急,弹药告急,冬装更告急,好些部队还没有换装。这场大雪仿佛就是无数翘盼的眼神、一纸催促的命令。

从老龙头到桃河铁路桥边的二十多里地,全是小路,只能一人扛或两人抬，或者小车、牲口驮，大车根本用不上。雪铺的小路，踩着踩着，很快变成了泥泞，又湿又滑。

"妇救会""识字班""儿童团"全上阵了，当然，主力还是那些木匠师傅和民工队。大树加工成方料，便于运输，力气小的扛一根，力气大的抬几根。白毛驴可算壮劳力，一边驮一根。添旺为此跟哥哥干了一仗，因为添金讥嘲白毛驴白长四条腿，四条腿怎么着也该驮四根吧，添金才两条腿也能扛两根。白毛驴听得懂人话呢。它不高兴了。它生气的时候爱打喷嚏，或者放屁。一时间，它又打喷嚏又放屁，可见气得不轻。心疼白毛驴的添旺，当然得为白毛驴做主。他阴沉着脸，也不言语，冷不防地抱住哥哥，一拉一绊，把他摔在雪地上，再把他光溜溜的脑袋摁在雪里冻。添金力气大，怒吼着翻过身来，抓起雪往添旺嘴里、脖子里塞。

韩老师见了，哈哈大笑，说："你俩别当儿童团了，当解放军去。这么能干仗，亏了这一身力气。"

从雪地上爬起来的两个人，成了胖胖的雪人儿。他俩抖落身上的雪，狠狠地对视着，都不甘示弱。

也许是雪映的，韩老师脸上白里透红，比画上的人还好看。她想摸摸添金的脑袋瓜，可她够不着，于是，添金弯下腰来。

韩老师轻轻抚过，问道："见过你三叔的光头吗？"

"没。三叔可讲究啦，爷爷说，他起小爱梳头，梳得光溜溜的。这点，添雨像他。还有，念书、当兵时，他都爱系风纪扣，勒得透不了气，憋死人。反正，三叔挺古板的。"添金负责回答，添旺负责在旁边一个劲地点头。

"你们没见过三叔吧？他离家该有十来年了。他才不那样呢。他光头，光得像灯泡。哦，你们没见过灯泡。最讨厌的是，他脏，可脏啦，每次洗脸都攒下眼屎……不信，将来你俩验证一下。"

韩老师怎么啦？想三叔吗？添金看见了她眼里的泪光，赶紧说："韩老师，到时候你来验证哪个脑瓜更亮更光，这才有意思。"

"好啊。你俩凑一块，夜里用不着上灯了。哎，添金、添旺，记着，这阵子多关心添雨。一会儿说他爹娘死了，一会儿又说活了，别说孩子，大人的心也经不住这么折腾呀！"韩老师告诫道。虽然语气平易，还是让添金觉着她今儿心事挺多的。

韩老师扛着一把铁锹往山脚去了。那儿是下坡道，又在风口上，地上冻得硬邦邦、光溜溜，滑着呢。不时有人在那儿滑倒，人和木头骨碌骨碌滚下坡去。木头没事，人可经不起这么摔。小车也经不起，小车翻车，准得摔散架。于是，添雨干脆守在那儿，护着下坡的人和车。

添雨忽然觉得这一路上滑的地方不少,应该铺上秸秆什么的,那样才能加快速度。于是,连忙回村找爷爷去了。

韩老师接替添雨守在下坡处。她找来一把铁锹,又錾又砍,一点点砸开厚厚的冰层,接着,再铲除下坡道上的冰块。北风嗖嗖地刮,山上流下来的雪水马上又结成了冰。

还没等到添雨挑秸秆来呢,韩老师出事了。有人在下坡道上滑了一跤,他没事,捂着屁股马上站了起来。韩老师却倒了下去,永远起不来了。因为从那人肩上滑落的方料,正撞着韩老师的后脑勺。韩老师当时揉了揉说没事,可不一会儿,人轰然倒下,倒下一棵树似的。人们围过去的时候,她还能睁眼答应,接下去,再也喊不醒了。大伙儿慌了神,一道大声哭喊,喊哑了嗓子。有人为她摘去军帽,撩开秀发,没见流血,没见明显外伤,人却没了呼吸,没了听觉,没了眼神。多香的槐花炒蛋也闻不着了,多揪心的呼号也听不着了,多漂亮的衣裳也看不着了。

所以,奶奶一直不相信这个事实。她说:"好好的人咋能说没就没呢?有人被扎了十八个窟窿才咽气,俺秀丽咋经不住一个小小的磕碰呢?她还是太困,睡着了。她睡着就这样,她是好静的闺女。"

添雨也不相信。他紧抿着嘴,不言语,只是默默流泪。他暗暗责怪自己,不该离开那段下坡道,不该让韩老师接替自己。

千呼万唤，终是唤不醒韩老师。她死于颅内出血。白毛驴把她驮回孙庄，还没进村呢，白毛驴一直嗯昂嗯昂地叫。那叫声像火车出事故拉尾笛似的，凄厉，悲伤，撕扯着人心。等到添金三兄弟放下韩老师，白毛驴则一直在旁边刨蹶子，每一下都踢在添雨心头。

出事后，大家才知道，韩秀丽老家已经没有近亲。爷爷孙一锤大声告诉县长："韩秀丽是俺家三儿媳，后事你们别管啦！你们别分心，快快把桥修好，接俺长虎来家吧！"

穿军装的俊姑娘，被奶奶打扮得花枝招展。奶奶给了她三套寿衣，还为她披上大红披风，下身是藕绿裙子。那本是奶奶为百年后的自己准备的。藕绿色的裙子布不好买，奶奶跑遍榴城大街也没找到合适的，只好扯块白洋布，买几包染料自己染。为韩秀丽擦身、换衣服直至入棺，奶奶始终在一旁紧盯着。她关心两个细节，一是秀丽衣服上的所有扣子都得打活结，有盼着她来世托生的意思；二是入棺后必须在秀丽双手中分别塞上手帕和毛巾，再把盖着脸的白布揭去，象征她干干净净地来干干净净地去，是个体面人。

之前，为韩秀丽擦身时，奶奶扒开她的头发，再三仔细查看其后脑勺。奶奶已经验看了一百遍。最后，奶奶苦笑着点点韩秀丽的鼻子，抱怨道："闺女，你也是苦孩子，咋这么娇气呢？别是跟俺长虎撒娇斗气吧？"

嘭嘭嘭，棺材盖合拢了，钉死了。出殡的早晨格外宁静，太阳出来了，照得雪地明晃晃的。没有鞭炮，没有响锣和唢呐，只有纸钱一路飘飘洒洒。好像怕鞭炮的炸响，把韩秀丽吓着。其实，这是爷爷的意思，他不想让这边的送葬干扰了那边的运输。两支平行的队伍都朝向桃河，一支浩浩荡荡，一支悄无声息。

悄无声息的送葬队伍中，只有孙一锤全家和县里、部队的代表。照理，长辈不必去为小辈送行，可爷爷奶奶执意要去。奶奶骑在白毛驴身上，添旺骑在驴缰绳上，添雨骑在自己的泪流之上。添雨成了好哭的孩子。

铁路桥边的柳林，正是孙一锤家的林地。再一次栽下的丧棍子，到了春天必定发芽绽绿。

韩秀丽入土为安后，爷爷拽着添雨到他爹娘的坟茔上香叩拜。可添雨大叫起来："这是假的！是骗我的！你们一直在骗我！他俩没死！他俩是不是不要我啦！"

"傻孩子，为吗骗你？难道俺为了骗你咒他俩死？胡说八道的！说实在的，这些年，没个准信，俺也整糊涂了。俺听百岁公的，他说该干吗就干吗，他是活神仙呢。唉，一人一条命，那条命活着，就当这条命在保佑活着的命吧！"

添雨在两座坟前分别插上三枝香，却不肯跪拜。临走，他跑回韩老师坟上，抱着临时当墓碑的木牌牌长跪不起，哪怕老的喊小的叫，哪怕白毛驴不停地"嗯昂、嗯昂"。

竟也奇怪，晴着的天，忽然阴下来，到了半夜里，又飘起鹅毛大雪，韩秀丽的坟茔也成了雪冢。那场雪大概是专门为此而撒向人间大地的吧？

雪夜里，奶奶又号啕起来："秀丽啊，俺是老糊涂啦，给你那件棉袄没多絮上二两棉花，可别把俺闺女冻坏了！"

12

第六百号古柏

生长在人们的祈愿里,吉祥柏的木质似乎更硬,树干似乎更粗。那硬度终于逼急了大锯。大锯开始使劲,每一下都拉出了纷纷扬扬的木屑,木屑慢慢覆盖了树干周围的草地。当然,每一下也拉出了鲜红而黏稠的汁液,像血浆一样。

孙庄人对祖林恋恋不舍。

并没有谁刻意安排,那些锯子、斧头和柴刀,却有意识地绕开了一些树,那些有令人难忘的故事树。于是,在雪后的老龙头,它们成为一座座雪塔。

直到把加工好的方料运到桃河边;直到看着抢修队在河床上垒起一座座紧挨着的半截桥墩;直到估算着木料肯定不够,还得继续砍树,人们才又拾起放在林子里的工具。

祖林已经所剩不多,百十棵吧。那可是最古老的古柏,阅尽沧桑的古柏。照理,有这些木匠师傅参与,两天可以完工。可是,问题来了,那是令人敬仰的树,也是叫人畏惧的树、有所顾忌的树。木匠师傅听说了那些故事,也变得缩头缩脑、躲躲闪闪的,没有谁敢贸然近前。

无疑,此时人们的微妙心理,跟韩秀丽的死有关,大家只是心照不宣而已。

融雪的早晨,爷爷孙一锤上了老龙头。几天之间,他忽然老了许多,皱纹更深了,铺展的面积更大了,脸色更黑了,衬得头发更白了,白发稀落了,腰背佝偻了。老两口心疼秀丽呢。秀丽下葬之后，奶奶像变了一个人似的，变成了碎嘴子，没完没了地念叨："这孩子咋这么娇气呢？一个磕碰咋能要人命呢？"她把她的疑问纳进了鞋底、绣上了鞋面。她熬了一盆糨子，糊了能做十多双鞋底的壳子。她说，这回做的不是"反攻鞋"，是"返乡鞋"，留给长虎和秀丽回家穿的。奶奶觉得，秀丽没伤没痛，好好的人怎么可能走呢？

爷爷也这么认为。进了祖林，他故意提高嗓门说："大伙儿心里想的，俺明白。谱训咋说的？图报天下。遵从谱训，还怕老祖宗怪罪？不能。老祖宗的在天之灵乐呵着呢。就说俺秀丽吧，到了林地那儿，天还晴着，忽然阴下来，接着下大雪，那不是祖灵显灵吗？还有，当时在桃河南北趴窝的火车头一起鸣笛，呜呜的，叫得可响了，那是全天下都向她致敬，咱光荣呢。"

添雨连忙问添金："那天火车叫了？我咋没听到？"

"我也没……"添金把帽子攥在手里，改口道，"爷爷编故事呢，他能编。"

爷爷见大家疑惑，冲着添金大吼道："你们顾忌，俺家不怕。俺家男人命硬！生生死死的，俺家老二指不定明儿就来家。留下孝柏、胜利柏、吉祥柏和三棵骆驼柏交给俺家，你们去砍别的。添金，快把俺干儿子梁红剑找来！"

出乎意料，开明公闻知祖林情况也赶了来，小儿子失而复得,他真的成了"开明公"。他说:"一锤啊,分几棵给俺吧,要是祖灵真会怪罪,咱一道分担,比你一家扛着好。"

孙一锤竟哈哈大笑起来:"怪罪吗呀?你们叫那些故事给唬了,人编的故事唬住了听故事的人!九百九十九棵古柏,九百九十九个故事,大部分是我编的,祖上只传下来一丁点儿。我给添油加醋,弄得像真有那么一回事似的。"

"编的?你大字不识还能编故事?"添雨问道,"为吗编呢?骗小孩?"

开明公笑道:"编瞎话不需要文化,油嘴滑舌就行。可你爷爷平时也不油嘴滑舌呀。"

爷爷说:"起小俺喜欢来祖林听鸟叫,那时候鸟比现在多得多,现在好些鸟的名字不记得了,好些鸟的影子看不到了。长天爱鸟,那是遗传俺呢。俺来祖林,夏天捉蛇,冬天逮兔子。捉蛇干吗?卖呀,卖给郎中当药。一千棵树有一千种样子,要记住树的样子,最好的办法就是编故事。没想到,故事唬住了人!"

"要记住树的样子,最好是画下来。哎呀,砍树前要是叫添旺把每棵树都画下来就好啦。"添雨说。

"画啦,早画了,用你的写字本画的。有好长一阵子,添旺迷上了画白毛驴,俺干脆把他带到祖林来,让他按照编号画树,别再成天盯着白毛驴。咋能这么巧呢?老龙头的祖林叫俺无心移栽到了本子上。鬼使神差,让俺留个纪念。"

接下去,孙一锤和开明公为谁砍哪几棵古柏争执起来,争执的焦点在吉祥柏,那可是系满红布条的古树,是能够抚慰人心的神树。孙一锤的意思是胜利柏、吉祥柏留给自家的几个孩子,让开明公带着儿子和别的师傅去放倒那三棵骆驼柏。

相持不下之际,开明公忽然眼圈红了,他哽咽着说:"你家牺牲太大,吉祥柏、胜利柏不能留给你和孩子,树叫俺儿子来砍。你家可再不能承受任何不祥啦……"

"说吗呢?嗯?说的吗?你开明公咋这么迷信?胜利柏,树倒了,那就是胜利到了。吉祥柏,树倒了,那就是吉祥到了!过年在门扇上贴个'福'字,不也得倒着贴吗?"

尽管爷爷说得头头是道,其实他自己心里也是有所顾忌的。当梁红剑吆喝添金一道走向吉祥柏的时候,他赶紧抢在他俩前面。大伯也跑了过去。没错,是跑。奇怪吧,半边身子不自在的他,居然健步如飞了。

他俩赶在头里,赶到吉祥柏树下,双双伸手合抱着树干,把脸贴在上面亲了亲,接着,在雪地上并肩跪了下来。四十四的搀扶着六十四的,"白头翁"紧挨着白发老汉。两颗脑袋每磕一下，便从树上落下了一些积雪，积雪把他俩装扮成了雪人儿。

爷爷喃喃道："吉祥树啊龙虎树，你其实没那么神，你的神迹是俺瞎编的。俺看你树形，左看像龙，右看像虎。俺编了两个故事。一是土匪吓得跳湖的故事，二是收拾小鬼子的故事。谁信呢？凭着龙虎形，你一棵树立在这里，能收拾小鬼子？那股小鬼子是俺长龙领着游击队消灭的，是添金娘把小鬼子引进伏击圈的。俺为吗归功于你？你是古树，古树有灵，你能成为神树。可你成了神树吗？这么多红布条子，这么多再简单不过的祈愿，你应允了吗？没有。俺一辈子向着你、敬着你，只盼孩子们平安，连这么一点要求，你也没给俺。你就是一棵平常的树嘛，所以，千万别怪罪俺，千万别怪罪俺孩子。你跟着平常的树，一道去做了不得的大事吧！到了那儿，你能见大世面呢，能看见吗叫千军万马，吗叫山呼海啸……"

爷爷像在跟另一位铁匠师傅拉家常似的，娓娓道来，动之以情、晓之以理，有埋怨也有勉励。吉祥柏是否感动了不知道，藏在树上的松鼠一定感动了，一起跳了下来，十几只呢。它们停停看看，晃着大尾巴冲爷爷跑过去，有的作揖，有的点头，这才一步三回头地远去。

在雪地上奔跑的，还有成群的兔子。兔子和松鼠大约是老龙头最后迁移的老住户了。

　　该拉大锯了。梁红剑给添金使了个眼色,添金扔掉帽子,亮出汗津津的光头,一人一头,准备开始。这时,大伯一把推开添金,抢过锯子。添金不干,要回抢,却挨了一脚。那一脚踹在肚子上,像白毛驴尥蹶子,挺疼的。

　　万万想不到,三棍子打不出一个屁的大伯,拉着拉着,竟生出游戏心态,哼起了从前奶奶爱唱的童谣,在场三个孩子已经淡忘的童谣——

　　　　拉大锯,扯大锯,
　　　　姥姥家,唱大戏;
　　　　接闺女,请女婿;
　　　　小外孙子也要去。
　　　　今搭棚,明挂彩;
　　　　羊肉包子往上摆!
　　　　不吃不吃吃二百。

　　而且,他没使劲,弄得梁红剑很难跟他配合,一来一去,有重有轻,锯子别扭着呢。梁红剑只能顺着他的节奏和力度调整自己。大锯仿佛怕拉疼吉祥柏似的。

添金在一边看得心里发急,又要上前替换爹。"白头翁"火了:"你能?一边去!"

"你俩这叫锯?这是拉二胡!想拉琴,找戏班子去!"

"白头翁"冷笑道:"对吉祥柏得客气点,不能上来就粗暴野蛮的。树也是一条性命呢。一大早,才睁开眼,人家还没想明白好些事,就被放倒了,那不是糊里糊涂地死吗?俺得让它一点点地知道痛,一点点地知道自己其实很平常,跟别的树一样,平常地活着,平常地死去。死去其实也是活着,换一个地方,换一种活法……"

"它们得去长成一座桥!"添雨失声惊叫。他被自己的叫声震撼了。不,他被大伯的奇怪举止和语言震撼了。这是那个种地兼打铁的大伯吗,那个失去老婆、养大侄子的大伯吗?

大伯的反常,似乎是他内心矛盾的反映。是的,为什么再三强调这是一棵平常的树?说明人们对吉祥柏的敬畏之情,是无可否认,也无法掩饰的。

生长在人们的祈愿里,吉祥柏的木质似乎更硬,树干似乎更粗。那硬度终于逼急了大锯。大锯开始使劲,每一下都拉出了纷纷扬扬的木屑,木屑慢慢覆盖了树干周围的草地。当然,每一下也拉出了鲜红而黏稠的汁液,像血浆一样。

大伯脸色陡变。爷爷大吃一惊。梁红剑却轻描淡写地说："不奇怪,上了年纪的古树都这样,这叫树油。不单这棵吉祥柏流红油,好些树都流。"

孙一锤问："这些天咋没听说呢?"

梁红剑回答："俺做木匠见得多,这节骨眼上,可不能让人心乱了。你说得好,可别让人编的故事唬住了人。"

伐木者绕着需两人合抱的大树锯了一圈,吉祥柏依然纹丝不动。这时,树与根的维系只有树心,也许用力一推,树心就会折断,古柏就会倒下。

因为韩秀丽,因为红树油,孙一锤父子变得小心翼翼。白头老汉和"白头翁",分别伸开双臂护住三个孩子,远远地站在一边,站在大树够不着的地方。负责推倒树的是梁红剑。他一个人的力量不管用。他叫来两个木匠,推的推,拽的拽,还是不行。

虎背熊腰的添金冲了上去,又高又瘦的添旺也冲了上去,唯有添雨被大伯死死拽住。添雨气得大叫:"哎哟,拽脱臼啦!"

齐心要放倒大树的人,才不管倒树的方向呢,推的推,拉的拉,添金干脆猴似的蹿上树,骑着粗大的树枝使劲往下压,吓得爷爷脸色刷白,竟然喊不出声音来了。也是,这个家可不能再出事啊!

只听得"咔嚓"一声,大伯吼道:"跳!"添金不理会,照旧骑在树枝上,骑大马似的,那是一匹深绿色的大马,比大象更大的大马。吉祥柏有着茂盛的枝叶、浓密的树冠,它是缓缓倒下的。倒下后,添金则变成了一只松鼠,扒开枝叶从树冠里钻了出来。

添旺则不见了。任凭大家狂呼乱叫,他就是不吱声。梁红剑安慰老人道:"别担心,有这么些树枝撑着树干,砸不着人。慢慢倒下的时候,俺看见他急得跳起来够东西,可能摘红布条吧?"

白发老汉和"白头翁",不约而同从两边分别钻进树冠里,钻进随风飘扬的红布条的丛林里。白发和从树上倾倒下来的残雪,把红布条映衬得更加鲜艳。

添旺叫爷爷和爹逮了出来。他手里攥着一把布条,褪色的布条,是娘系在吉祥树的布条呢!确切地说,那是麻绳的绳条,有娘的气息、娘的血迹,只是褪去色彩而已。

老人对这棵树满怀敬畏之情。所以,他俩带头,开始采摘树上的布条,采摘全村人年年岁岁的祈愿。那多费功夫呀,他俩却不厌其烦。孩子们面面相觑。添金一个眼色,大家一起上前帮忙,像采茶、摘葡萄一样。

直到摘得干干净净。爷爷决定,要把红布条移到孝柏上去,让孝柏兼任吉祥柏,让孝柏成为一棵开红花的树。可是,有成千上万根布条呢,那得系到哪一天啊?

"忙你们的。这事交给俺们啦。俺干不动别的活,你奶奶也推不动磨啦,做这事,能行。指不定你百岁太爷爷也闲不住,也得来。添旺得护着他,骑上白毛驴来。"爷爷说着说着,仿佛又老了许多,眼睛眨巴眨巴,像是看不清人了。不过,那些布条都叫他捆巴捆巴收拾起来,一根没落。

七天后,铁路通车了,趴窝的火车头可激动啦,呜呜呜呜,可着劲儿鸣笛。受了感染的白毛驴也亢奋起来,"嗯昂嗯昂",叫声仿佛传去了杏屯。刘二顺扛着一袋豆料、拎着一壶好酒上门来,非要跟干爹喝两碗庆祝胜利不可。

爷爷说老就老,不能喝酒了,好些人也不记得了,包括眼前的干儿子。他只牵挂一件事,得把红布条赶紧全部系在孝柏上,找个大晴天,领着全村人去看看、去拜拜。

刘二顺顾自喝着酒。他告诉添雨,正在鸣笛的火车头名叫"墨克妖"。那是日本鬼子战败后留下的,"墨克妖"是蒸汽火车头的型号,MK-1。他从前在徐州还看见过美国佬的"克得拐",名字难听得要人命。

乘着酒兴,他提议该去桃河边告慰韩老师,再看看火车怎样通过鲤鱼桥。不,那是古柏之桥、人心之桥。临走,刘二顺没忘记自己拎来的酒壶。他把壶中的酒全部斟给了韩秀丽。

添雨斟的是泪水。他的泪水淋湿了坟前的木牌牌，淋湿了眼睛里的桃河桥，以及正在通过大桥的火车。他说："韩老师，我把前面的草呀刺呀拔掉，别挡着你的视线。三叔坐火车回来，你一眼就能看见；我爹我娘回来，你也会最早看见……哦，你不认识他俩……"

一蓬蓬枯黄的茂草，一团团纠结的荆棘，真的被添雨弄干净了。他一根根拔，一根根折断，干完这些活儿，手掌上被拉出了一道道血痕，渗出一颗颗血粒。

韩老师眼前很开阔，可以看到大桥和对岸的车站，可以看到大军和南方。南去的刚过桥，北往的便来了，从对岸过来的火车上了大桥，添雨看见，车上有好些臂吊绷带、头缠纱布的军人，冲着前方的榴城车站一个劲儿挥手。

大伯在月台上等着他们，他这会儿参加了担架队。添金已经报名参军，收还是不收，人家为难着。看添金的个子，没说的；论年龄，差了那么一点儿。这事得报告首长，首长正在盘算怎么渡江。

这一回，孙庄参军的小子有三个：添金、百岁公最小的那个弟弟的小孙子、开明公的一个远房侄子。长老们决定，举办一次不同于以往的欢送仪式。以往是在宗祠里送别，这回去祖茔地。

雪后的老龙头更像吸水的龙头，因为祖林不复存在，绵延起伏的山冈形态逼真、惟妙惟肖。当然，一场接一场的雪，使之变成了横卧的雪龙。仅存的孝柏此时分外突出、分外醒目，仿佛龙的冠冕，或者是，龙的仪仗。满树红布条随风飘扬，像火焰在雪地上跳跃，孝柏成为白茫茫大地上的火焰之树。

添雨惊奇于这棵火焰之树，他问爷爷："你们咋能把布条扎满一树呢？你能上树，奶奶能上树，百岁太爷爷能上树？"

添雨知道，这些天，村里的老人把装点孝柏当作大事。如今的孝柏，是孙庄的吉祥树啊，吉祥树就得有吉祥的样子。爷爷深沉起来："人不是猴子变的吗？咋不能变回去？"

全村老幼妇孺齐聚孝柏之下。全村的牲口也来了，它们得驮着、拉着老人。牲口有灵性，能感知现场氛围，它们一边歇着，一边静静反刍逝去的日子。包括白毛驴。

照例是燃放鞭炮，上香，面对孝柏、面对祖茔地跪下，磕头。又该百岁老人葆公诵读告文了。这一次，他还是捋着白胡子即兴讲话。他照例清了清嗓子："各位宗亲，请抬头看看，眼下俺孙庄祖茔地是白茫茫的、空荡荡的。头些日子捐献祖林，俺说过，盼孙庄子弟凯旋，还家乡故园于春华秋实的沃野之上，还列祖列宗于百鸟来朝的万绿丛中。孩子们，千万得记住啊！这阵子，俺村烈士增加了三位，韩秀丽，还有在前线牺牲的两个好孩子。可俺村又送上去三个战士！看看，一个个都是铁打的汉子！今儿，全村人来欢送，来祈祷……孝柏呀，你担子不轻啊，得让后人孝敬，得保村人平安。别的树全部没有啦，下了河啦，谁让你自个儿好好地活着呢……"

百岁公声音哽咽了，全场一片抽泣声。其实，在空旷的祖茔地，百岁公的声音显得非常细弱，没几个人能听清，人们的反应乃心灵感应吧？

添雨却听得分明。

孝柏又被扎上了许多格外鲜艳的红布条。添旺悄悄上了树，不一会儿，他在树的顶端大叫："我娘扎的布条在这里！"

爷爷神秘地微笑着。谁扎上去的，已经不重要。对于添雨，最重要的是，系上自己的祈愿，为爹娘，为韩老师和三叔，为九百九十八棵柏树和三十棵青杨……

13

奇幻树苗

连年的战火摧毁了家园，摧毁了环抱家园的树！这么多以树命名的地名，最能证明人对树的依恋。谁也想不到，此后，树苗竟像纷至沓来的战斗捷报，不断抵达春天的孙庄。

整个冬天,添雨一直琢磨着栽树的事情。没有树,老龙头也许更加形象,可它光溜溜的,和添金的脑袋瓜子一样,看着怪寒碜的。恐怕添金自己也嫌光头难看,要不然,他咋经常扣着那顶总也戴不住的黑棉帽?

白毛驴也嫌。白雪覆盖大地的时候,它感觉晃眼的亮,老是眯缝着双眼,并不特别在意山上的树,反正高的矮的一片白。积雪融化了,太阳出来了,老龙头的遍体鳞伤一览无遗,而且,惨不忍睹。一地的树蔸疙瘩,一地的枯枝败叶,还有一地破碎的鸟巢。

绒羽、细草、针叶、木屑,一切的轻盈随风飘荡,撒落在密密匝匝的老坟上。而一切的沉重随手遗弃,俯拾即是,断了的锯子、缺口的刀斧、坏了的车轱辘以及其他。

白毛驴再也不肯前往老龙头了,哪怕朝着那个方向走,比如去杏屯,它也拒绝或反抗。它习惯以打喷嚏表达拒绝,以尥蹶子表达反抗,放响屁也是反抗的手段之一。

添旺挠挠它的腿裆说:"到杏屯驮豆料去,也不去吗?不吃啦?刘二顺真是个二赖子,一当上宣传员立马不给送豆料了。可不能便宜这小子，跟俺要去！"

白毛驴放了一个响屁，比放二踢脚更冲，吓人一跳，味还大，能熏死人。奶奶整天跟它唠嗑，把它惯得脾气大了。不过，治好烧伤后，出了奇，它的皮毛更显白净，细润油亮，似闪烁着金属般的光泽。一对支棱着的长耳朵，比过去灵巧，能专心听人说话了，怪讨人喜欢的。

奶奶跟它唠的，还是韩秀丽。奶奶一直质疑，那么一个磕碰，小小不然的，怎么能出事呢？韩秀丽曾在炕上亲口告诉奶奶，有一回，光顾着指挥人，她一不留神掉下月台，火车头拉着车厢轰隆隆压过来。她躲闪不及，索性紧贴枕木道砟趴在股道间，藏在火车肚皮下面，居然一点事儿没有，连背上的衣服也没划破。她能扛住楼房似的大火车，咋就经不起这小磕碰呢？

对奶奶的追问，白毛驴无言以答。添雨跟添旺商量，打算带上白毛驴出门，没人唠嗑，奶奶兴许会缓过神来，忘记她自己深陷其中的牛角尖。去哪儿？漫山遍野瞎转呗，已经开春了，找到树苗挖来，栽上就能成活。兄弟俩聊着聊着就不由自主地扯到了刘二顺身上，拿他当活菩萨、活地图了。也是，刘二顺就似枣庄地界上为觅食为结群飞来飞去的鸟雀，鸟雀能不认识树吗？

添雨和添旺一个在前面拽驴缰、挨喷嚏，一个在后面挥驴鞭、闻臭屁，别别扭扭的，好歹上了路。可走到老龙头山脚下，白毛驴发脾气了，脾气大着呢，它赖着不肯走。饿了？累了？冷了？热了？似乎找不到任何理由。添雨说，一准是这里的环境让驴觉着陌生，觉着害怕。人不也觉得怪怪的吗？只见形影相吊的孤树，只见紧紧相依的坟茔，没有了茂林的生气，龙形的山冈好像遗留在荒草中的蛇蜕。

没想到，添旺竟有对付犟驴的本事。他从驴驮着的长筐里翻出画画的本子，一页页翻给白毛驴看。他说："你看看、你看看，祖林在这儿呢？树砍了，再栽呗。一棵树一个样子，照着树的样子寻呗！天下三条腿的驴难寻，一个菟的树尽是，比两条腿的人多得多。"

白毛驴像精怪似的，真看，看得认真着呢，一本又一本地看。其中一定有哪一幅图触动了它，白毛驴骨碌站起来，嗯昂一声，催着上路了。添雨赶忙夺下薄薄的本子，只见上面一边画的是吉祥柏，另一边画的是胜利柏。

添雨乐得抱住驴脸亲了一口："哈哈，添旺，有你的！我们来个按图索骥！这是你为祖林留下的画谱啊。一共多少本？你没把我的写字本全偷走吧？那可是韩老师去东北前留给我的。"

添旺冷笑道："偷？对爷爷说去。爷爷给的。"

韩老师究竟给自己留下多少写字本，添雨也没数。因为国民党反动派打过来，学校突然解散，刚收到的书本已经来不及发放给学生，叫韩老师赶紧处理。于是，添雨得到一大摞写字本，它们后来成了能画下一座祖林的图画本。

上了老龙头，白毛驴又叫，叫得挺亲切的。嗯昂嗯昂——听上去像是问好，像是问"你干吗呢"。

祖茔地上有一个人。定睛一看，是大伯，他正在吭哧吭哧地刨坑，刨树蔸。大坑中央的大树蔸四围已掏净土，可是要取出树蔸却不容易，得用斧头砍断所有的根。所以，大伯为此准备了全套工具，䦆头、铁锹和铁镐，斧头、柴刀和锯子。而他挖出这个巨大树坑，竟然是为了栽种一棵小小的侧柏树苗！矜持的树苗正躺在地上，对于跟添旺个子等高的树苗来说，那个大坑简直就是一座皇宫！两个孩子不由得瞠目结舌。

"傻瞪着眼，稀奇吗？部队征粮征鞋征收柴草，劈了这个树蔸，有多少柴啊？再说，地下树蔸连着树蔸，碍着新栽下的树苗生长。它们没死，还会欺负新来的，会抢肥料。刨出树蔸，坑大了、坑深了，树苗肯定长得快、长得好。为吗？因为有利于土地吸收肥水，有利于树苗深深扎根呀。"大伯一边解释，一边示意添旺下坑砍树蔸。

添雨也跳了下去。大伯却不准他插手,他只好专门负责在一边发感慨:"树蔸这么大!刨个树蔸简直像打水井!要是挖一棵活的大树来移栽,那岂不比架桥更难?"

大伯追问道:"移栽大树?谁想移栽大树?大树活不了,也移不动呀。"

"啊?那咋再造祖林呀?添旺把每棵树的样子都画下来了,我们正要去按图索骥呢。"添雨爬上来,从白毛驴驮的柳条筐里翻出一个本子,把他俩的打算告诉大伯。

大伯哈哈大笑:"傻小子,前人栽树后人才能乘凉呢!你们想边栽树边乘凉?天底下没有这么好的事。栽树栽种的是树苗,有时还得撒下树种。从前,那些山上的树木哪来的?风吹来树种,鸟衔来树种,树种发芽,长成树苗,树苗一年年长大……你当树是驴呀,牵着驴缰它就跟来了?"

如此说来,再造祖林一点也不浪漫了。添雨见添旺累得直喘粗气,有些失望:"那岂不是得花上几百年、几辈子?"

"当然得一代接一代栽。人人心里要有树苗,要有春天。就说这棵树苗吧。俺这阵子参加担架队,在车站上转运伤员。昨夜里来了一批伤员,其中有个重伤员,姓韩,秀丽她村上的,随身捎来这棵树苗。途中他伤口感染了,他正发着烧,情况是护士转告我的。你看看这棵树苗,不也是一棵故事树吗?"这个故事把大伯自己感动了,他眼里似有转瞬即逝的泪光。

添雨问:"他听说孙庄捐献祖林修桥的事了?"

"兴许吧。"

树蔸被刨了出来,树苗被栽了下去。这是一棵来自前线阵地上的树苗,也许是来自长江边的树苗,一直在翘望南京的树苗。现在,它代表南下的火车来到孙庄祖林,栽种在光荣的土地上,承接地下古老的根系,年复一年,它将长成一棵常青的纪念碑。

树苗栽上,该浇水了。可是没桶没盆,怎么去微山湖边打水呀?两个孩子二话不说,脱光上身,正要扒下身,被大伯厉声喝住。也是,眼下可不比上次光腚的时候,这是乍暖还寒的早春,虽有阳光,风却依然刺骨。

三人正发愁,远处跑来一人,谁?刘二顺。他说:"巧啊,俺正是为栽树的事来的,想告诉你们村长,准备挖坑植树吧。杏屯起的头,邻村纷纷响应,要送树苗来呢!孙庄要吗树,随便挑,自个儿去挑也行,多大的树都行,只要能栽活,看中哪棵挖哪棵。"

真是不可思议,三个人闻听这个消息,内心五味杂陈。见"白头翁"和添雨添旺表情奇怪,刘二顺感叹道:"不管姓氏,无论堂号,祖茔地上得有祖林啊!人心都是肉长的,孙庄捐献祖林的心情,谁不懂啊?"

刘二顺既然来了,那就不用去杏屯了。而且,看到树蔸在泥土里的形态,添雨按图索骥的幻梦也破灭了。不过,他跟大伯一样,为邻村乐意送树苗的消息高兴着。

白毛驴情绪也不错,乐颠颠地走在头里,不仅因为看见刘二顺,还因为得到了表扬。刘二顺说,看来豆料真是好东西,赶明儿一定再送来,白毛驴吃了长得精神,长得帅。

宣传员刘二顺一路宣传着进了孙庄。"村村要送树苗呢,孙庄感动了天下。大家该去挖树坑准备植树啦!孙庄可以再造祖林啦!你们高兴吗?"

女村长没吱声。孙一锤铁青着脸。开明公圆瞪着眼。百岁公只管清嗓子,一口黏痰憋得他满脸紫红。

刘二顺跟个二傻子似的,还要追问人家高不高兴。把孙一锤逼急了,他冷笑一声:"梨园还有树吗?杨集还有树吗?柘村榆店还有树吗?栎堡柿树沟还有树吗?你杏屯还有树吗?哦,你刘家祖茔地上还有一些松柏树,俺敢挖吗?移栽能活吗?活下来,俺不愧得慌吗?"

连续的反问憋得刘二顺呼吸不畅,他嗫嗫嚅嚅,接着,便是满脸苦笑。

孙一锤意犹未尽,继续反问:"别说村庄,去看看这方圆几百里的山上,板栗山还有树吗?紫薇山还有树吗?胡桃山还有树吗?桑梓山还有树吗?全叫战火毁了……再造祖林不容易啊！得靠子子孙孙，跟愚公移山似的……"

是啊，连年的战火摧毁了家园，摧毁了环抱家园的树！这么多以树命名的地名，最能证明人对树的依恋。所有人都被孙一锤一连串的发问震撼了。

然而，谁也想不到，此后，树苗竟像纷至沓来的战斗捷报，不断抵达春天的孙庄。支前民工陆续回来，他们驮着包袱，各个举着树苗，像举着绿色的旗帜。骡马队的，则是一捆捆拉了来。那些树苗是在战场上拾的，被炮火连根炸出来的，天知道能不能栽活。返乡的重伤员，竟也不可思议地每人带一棵树苗，像相互约定了一般。不错，失去祖林之后，树苗既是子孙后代酬谢祖灵庇佑的虔诚供奉，也是子孙后代感恩故乡牵挂的珍贵礼物。

来自前线的树苗被养在孙庄村口的池塘里，只等着人们在老龙头挖好树坑。现在，男人们回来了，刨树蔸不犯愁了。刨出一个老树蔸，等于为小树苗挖好了一个深深的大坑。接着，人们便往坑里上肥，粪肥、绿肥、塘泥、草木灰什么的。这些活儿，没有任何人使唤，家家不约而同，人人不由自主。是的，人们都盼着树苗栽下就能成活，成活就能迅速生长。

统一去祖茔地栽树的日子则是确定的，孙庄有清明节栽树的传统。不过，从前栽树均以家庭为单位，栽种范围无非是自家的房前屋后、田头地角。而这一次，意义不一般，南下大军胜利了，孙家子弟凯旋了，孙庄理应告慰祖灵。而告慰祖灵的实际行动，当然是还祖茔地以生机蓬勃、绿意葱茏。

孙庄照例得在宗祠里举行祭祖仪式，之后，全族男丁前往祖茔地扫墓。不承想，百岁公在诵读告文时被浓痰憋得透不过气，一时间吓坏了众人。过了年，他其实已一百零二岁，清明节这天正是他的寿诞。大家忙不迭地搀扶他去休息，开明公则替他把告文念完，草草结束仪式。百岁公被安顿在议事堂里，人们又是捶背，又是喂水。等到他缓过劲来，刘二顺一头闯了进来，大呼小叫的："百岁公、百岁公，有人送礼给你，快去看看。满满一辆大车呢！"

刘二顺还算有眼力见儿，一见议事堂里的阵势，立马噤声，使了个眼色把添雨勾了出去。添雨挺不乐意的，噘着个嘴说："没见过送礼的？人家寿诞，亲戚送礼还奇怪吗？"

刘二顺神秘兮兮地眨眨眼："送礼有送树苗的吗？一大车呢。人家特意说明，是百岁公一百零二岁的寿礼。你也不觉得奇怪？"

那当然很奇怪。添雨疑惑地跟着刘二顺出了宗祠大门。一个大胡子的赶车人正在卸车呢，一共有八捆松柏树苗。

"喂喂，谁呀？谁托你送的啊？"添雨抚平自己的头发，问道。

赶车人打量添雨一番,也许觉得这个孩子有来头吧,这才认真回答:"民工团骡马队的。俺随军运弹药到长江边,回来时带来两个伤员和这些树苗。树苗是首长托俺送给孙庄的,叮嘱俺交给百岁公。首长管他叫老祖宗。一百零二岁!那是活神仙啊!首长再三交代,清明是他生日,一定要准时送到。还好,俺紧赶慢赶,没耽搁。"

添雨跟刘二顺互视了一眼,迫不及待地追问道:"首长是什么长?他大名叫吗?"

"什么长?大着啦,管的人可多啦!他有小汽车坐,够大吧?俺这辈子没跟坐小车的说过话,还敢问人大名?"赶车人的眼睛都藏进大胡子里了。

"那……他长吗样?多高?是不是浓眉大眼的?"添雨继续追问。显然,他心里冒出了一个形象。

赶车人犯了烟瘾,掏出旱烟袋,点燃了,猛吸几口。解馋后,他讥嘲道:"没见过解放军的英雄好汉是吧?告诉你俩吧,当首长的,当英雄的,一眼能看出来。他们长得一样,高大魁梧,虎背熊腰,天庭饱满,地阁方圆……还有,他们没架子,官越大,架子越小。那么大的首长,记得乡下百岁老人的生日,还给人送寿礼,了不得!可俺怪纳闷的,为吗送树苗呢?回来时,俺琢磨了一路,过桃河桥时明白了,孙庄为大军捐献祖林架桥,首长记挂着那片祖林!"

可首长怎么认得孙庄的百岁公？怎么管百岁公叫老祖宗？怎么知道一百零二岁和清明节寿诞？首长该是孙庄人吧？难道首长是三叔？或者是……添雨不敢想下去，却又巴望着赶车人能提供更为广阔的想象空间。

添雨问："首长亲自叫你送树苗？"

赶车人答："当然。部队刚打下一座县城，他从苗圃里买的。俺忘记了那是吗县。到过的县城太多，俺记不住地名。"

添雨问："首长一个人吗？"

赶车人答："好笑！首长哪能一个人？他身边有警卫员、通信员。对了，托我捎树苗的时候，还有个女的，硬要给我钱。她说这是私事，一定得给钱。俺推不掉，心想，行，带着吧，连树苗一道交给百岁公。快带俺去见见活神仙吧。"

正巧百岁公出门来。吐掉黏痰后，他恢复了精神，不过，声气却不似从前。听完赶车人说的话，百岁公看着那些树苗说："首长给俺送礼？好家伙，这份大礼够重的！老孙家的后人孝顺啊，他知道这是俺这辈人的最大牵挂啦！"

奇怪的是，百岁公并不追问首长是谁，好像他心知肚明似的。接着，他扒开一捆树苗，连连点头，交代道："这些好苗木，一准能成活。先紧着这些树苗栽吧。"

全村男女老幼扛着工具和树苗，浩浩荡荡地去了老龙头。先为老坟扫墓，接着栽树。傍晚回来，该在宗祠里给老祖宗、活神仙祝寿了，祝他活到一百八十岁。

上午，百岁老人葆公还跟长老们打哈哈呢："别，千万可别活得太久，等到孩子们全部回来就行。俺想见见长龙、长虎和梁红霞他们呢！这些孩子咋知道俺的心事呢？你说说。"

然而，午后，正在打盹的百岁公做了一个很深的梦。他迷失在深深的梦境中，走不出来了。他的梦里一定有深深的密林，因为临终时，他一直叨念着："树、树、树……"

首长是谁？添雨原来想夜里去问问百岁公。可是，他现在只能对着瓷板像在心里默默发问了。瓷板像上，那一绺白胡子微微颤动，嘴角的笑纹转瞬即逝，百岁太爷爷欲言又止。

14

祖林如画

紧挨着老坟栽下的两百棵树苗成活了，那是油松和侧柏。树苗虽然柔弱，且株距太大，显得稀稀落落，但它们是绿色所在，更是成长的希望所在。它们注定将在这里见证人世沧桑。

给百岁公画瓷板像的本家师傅，凭着添旺画的白毛驴，收他当了学徒。画像店在县城东大街上，那就是从前的开明街。添旺要走，白毛驴可不乐意啦，嗯昂嗯昂，叫得声嘶力竭，叫得催人泪下，把原本热闹的村口弄成了生离死别的现场。

"俺又不是不回来了！再说，你可以进城去看俺呀。记着，陪奶奶唠嗑儿，乖乖的，要专心，不许烦，不许闹！她说吗，你就老实听着呗。你光听，又不费劲，也不动脑子。没人听，她多可怜呀！"添旺喃喃细语，这样交代白毛驴。

添雨听着，眼睛湿了。奶奶给韩秀丽做的鞋已经塞满衣橱，换季的棉衣、被褥没地方放，只好卷巴卷巴撂在墙旮旯里。奶奶的唠叨呢，则把所有人的耳朵眼塞满了。大家都烦了，都躲着。白毛驴却是奶奶最忠实的听众，它再烦躁，也绝不躲避，哪怕耳朵眼磨出茧子。它耳朵眼大，足以装下所有的唠叨。

添雨拍拍驴背，说："好啦，人家学本事去，别腻歪啦。我去老龙头看看，你去吗？"

白毛驴不理不睬，只顾舔添旺的手。添雨又说："指不定能碰见刘二顺，你也不去？"

刘二顺仿佛是豆料的代名词，白毛驴听见这个词就像能闻到豆料香味。于是，它犹豫片刻，还是跟上添雨，不过，它一步三回头。添旺也是恋恋不舍的。

麦熟了。翻滚的麦浪中，可见一团团绿荫，那是丧棍子长成的柳林。清明第二天，爷爷和大爷忙活百岁公的后事，孩子们则去为已故亲人扫墓。在爹娘坟前，添雨心情复杂极了，他不知道自己该不该添土、上香、跪拜，该不该肃穆、哀恸、流泪，尽管他一步不落地走完了程序。

他一直在心里追问两堆土丘：你们是假的吧？刘二顺帮我统计过，孙庄参加解放军的人中，最大的官是我三叔，他兴许明天能打进南京。其他算首长的人，没有。要有，那就是下落不明的两个人。你们两堆黄土别是给下落不明的两个人打掩护吧？

上了老龙头，白毛驴率先看见刘二顺迎面走来，嗯昂招呼一声。刘二顺呢，赶紧跑上前，从中山装口袋里掏出一把豆料，喂进驴嘴里。他自嘲道："可别怨俺抠门啊。俺现在坐吃山空，要是把祖产吃空了，讨老婆也没钱啦。"

刘二顺照旧在区里当宣传员，其实，因为他有文化且工作积极、热情，组织上对他倍加信任，让他管得可宽啦，有人私下里管他叫"二区长"。这不，他竟然把孙庄参军子弟花名册整了出来，姓名、年龄、参军日期、政治面貌、现任职务，一目了然，当然所在部队番号是保密的。这本花名册几乎就是寻找那位首长的路线图。然而，在孙长龙和梁红霞的名字下，还是四个字"下落不明"。

"添雨啊，我觉着，下落在你爷爷嘴里，你得撬开它！"

添雨眼一瞪："拿吗撬？撬棍？你是鬼子宪兵队，还是国民党特务？爷爷不说，自有他的道理。就当他俩还在吧。"

刘二顺几乎叫起来："他俩真在！你快去看看，祖茔地新栽的树，首长送的都活了，民工伤员带来的全死了。说明吗？首长的树苗真是苗圃里的苗木，别人从战场上拾的小树，不知道离土多久，只怕早就晒干成了柴火。兵荒马乱的年头，知道县城里有苗圃，能去苗圃买树苗，那还不是首长呀？"

"是死是活，他们也不给家里一个准信，反而托人捎树苗，叫人猜谜，这不是折腾人吗？"添雨愤愤然了。

"信不信的，你还得撬你爷爷的嘴。树苗倒是耐人寻味呢，说明他们知道老家的故事，心里牵挂老家，而且，俺觉着，树苗兴许还能透露他们在哪儿的信息。南方人管鞋叫'孩子'。之前在榴城码头，一群'妇救会'正在洗衣洗菜，突然有个南方妇女大喊：'我的孩子掉河里啦！'大家扑腾扑腾下河救孩子，哪有孩子啊，倒是有个人捞到了一只鞋。南方妇女嚷道：'你手里攥着的就是啊！'哈哈哈……"

添雨呆呆地盯着这个傻笑的人，好一会儿，才回敬刘二顺一个苦笑。

刘二顺这才想起该为刚才的一席话做个结论："你说，南方和北方的树能长得一样吗？"

"谁有本事看出不一样来？再说，看出来了，又能证明吗？"

刘二顺认真了："专家能。要是能判断树苗来自哪里，不就知道捎树苗的人到了哪里吗？"

添雨轻轻"嗯"了一声，牢牢地记住了这句话。

祖林的景象果然如刘二顺所述。紧挨着老坟栽下的两百棵树苗成活了，那是油松和侧柏。树苗虽然柔弱，且株距太大，显得稀稀落落，但它们是绿色所在，更是成长的希望所在。它们注定将在这里见证人世沧桑。

而另一边的树苗，真的无一幸存。然而，它们在支前民工和伤员的手上，曾经活得摇曳多姿，活得充满力量。其实，它们栽在这里，便是生长，便是复活。它们象征着孙庄人的意志。

刘二顺从鼓鼓囊囊的口袋里，掏出一包树籽。来自东南亚的树籽。刘二顺说："这是从外国寄来的邮件，组织上拆开检查过，俺又审查了一遍。俺对区长说，多感人啊，捐祖林修铁路，孙庄没怨言，而今再造祖林，大家多齐心啊！连出国经商八辈子的孙氏后人,也惦记着呢。奇的是凤凰树种子,凤凰树是吗树呀?名字听着挺喜气、挺吉祥。"

添雨伸手,刘二顺却不肯给:"可别撒了,这该多珍贵呀,远道来的呢!区长特意交代,必须亲自交到村长手里。"

这时,刘二顺马上想到几个问题:东南亚比南方离这里更远,那里的天气热死人,而且有热带雨林。东南亚的种子能适应中国北方的天气吗?它不怕风雪冰冻吗?另外,邮件在路上跑了好几个月,眼下已是夏天,种子还能发芽吗?留待明年春天行吗?另外,迢迢万里的外国的人们怎么知道孙庄的事?

刘二顺的问题也像种子,撒落在添雨的心田里。添雨萌生了读书的心愿:"二顺叔……"

两人都因这陌生的称谓怔住了。稍加细想,没错呢,刘二顺拜了爷爷孙一锤做干爹,论辈分,他真是添雨的叔,干的。可这一声,却喊出眼泪来了。

刘二顺眼里一热,说:"俺知道你想说吗,看看俺猜得对不对?想去念书,将来当专家?"

"你是我肚子里的蛔虫啊?"

刘二顺笑道:"何必钻肚子,你的念头全在眼里呢,像湖里的鱼、山上的蜻蜓……俺在区里替你留意着。"

添雨这才发现,老龙头的小树林虽然稀稀落落,铺展在林间的小草却茂盛得很，它们长得参差不齐，间杂着一蓬蓬的野花和荆棘。一群群的红蜻蜓、蓝蜻蜓翩翩飞舞，三三两两的花蝴蝶追逐着、嬉闹着，从红花经由白花飞往黄花，或者，从花朵经由草棵飞临小树。还有孤单的螳螂顾自戏耍于草叶上，调皮的蚂蚱则结伴尽情蹦跶……白毛驴也发现了什么，叫声怪瘆人的。是蛇！一条蛇被驴叫吓溜了。赶过去的刘二顺向驴卖弄道："蝮蛇赤链蛇才有毒，游蛇锦蛇没毒。下次看清楚再报警。"

添雨上学的愿望，在两年后，由三叔帮他实现了。打下南京后，三叔转业去地方政府工作，不断写信来家问这问那。每次三叔准备动身回乡探亲，这边奶奶赶紧打下一嘟噜一嘟噜的新鲜槐花，或者泡上干槐花，那边的紧急任务却拖住了他的后腿。三叔问添雨："想当兵吗？"添雨说："仗已经打完，再当兵干吗呢？我要念书，学种树，把老龙头、板栗山、紫薇山、胡桃山、桑梓山全部栽满树。"三叔说："种树那个行当叫林业，上林业学校吧。"

添雨下决心念书，发誓要当林业专家，是有原因的。栽下第一批树苗后，连续两个春天，孙庄都收到好些来自远方的树苗，都是通过铁路做零担托运来的。接到托运单，添雨就给白毛驴套上车，呱嗒呱嗒，去榴城车站货房提货。

第一年春天，三月吧，收到一批树苗，装在五只木板钉的箱子里，每箱二十棵，是樟树，发站是江西宜春，发货人叫孙解放。四月，又收到一批，一样的木箱子，一样的数量，树种却不同，是桉树，桉，平安的"安"加上"木"字旁，发站是广东广州，发货人是孙建国。

第二年春天，从二月份起，连续收到三批货，发站都是广州。可那些木箱子收到时几乎全部散了架，有的树苗里还夹着干的海鱼海虾。它们是漂洋过海来的吗？托运的是热带树种，有能榨油的橄榄树，能割胶的橡胶树，能养眼的木棉树。发货人是孙海南，身在天涯海角呢。

第一年春天栽下的樟树、桉树，倒是成活了，刘二顺可高兴啦，特意赶到老龙头来科普。他说："樟树是广布长江以南的常绿乔木，喜好丘陵、平原的酸性土壤。南方'无樟不村'，祖林里的树以樟树为主，象征家业蓬蓬勃勃。孙解放有心啊。"刘二顺又说："桉树长得可快可高啦，几年就能蹿上天，就能和祖灵接上话。孙建国可真有心啊！"

然而，连续几场大雪，把那些从南方来的树苗全部冻死了，直接冻成了干柴棍子。它们没能感知第二个如期而至的春天，以及淅淅沥沥的春雨。

第三批树苗陆续收到后，当上副区长的刘二顺，仍然热爱宣传工作,又赶来科普。他说:"胜利了,太平了,咱们该安心搞建设了。橄榄树、橡胶树都是经济作物,要是俺榴城俺枣庄俺山东能栽上这些发财树,就能迅速恢复战争创伤。孙海南身在天涯,图报故里、图报天下啊!他就是木棉树,又叫英雄树!木棉树为吗叫英雄树?它树形高大,顶天立地,花红似火,雄伟壮丽。清代有人写诗赞美它,'浓须大面好英雄,壮气高冠何落落'。看看,一副英雄豪杰的样子,何况它还有英雄传说呢!满门忠烈的孙庄,最该配英雄树!"

谁说不是呢?可是,橄榄树、橡胶树、木棉树栽下去后,几个月没有任何动静,树皮没有发青,树枝没有长芽,原有的芽苞却瘪了,原有的须根却枯了。

而在从前长有青杨的地方,添雨栽下的几十棵小青杨一蹿多高,蹿进了喜鹊的视野里,经常有喜鹊落在树苗上,压弯了树苗的腰。树苗可不乐意啦,拉弓似的,一放箭,把喜鹊射了出去。莫非,喜鹊迫不及待地为新巢选址?

国庆节,三叔终于休假回家,出门十多年的孙长虎终于来看耳聋眼花的爹、成天念念叨叨的娘了。他长得跟英雄树似的,高高大大。在榴城站下车,他先去桃河桥,去桥边的林地。在柳林里,三叔说的跟奶奶说的一样。他说:"秀丽

呀,你能扛火车,咋经不起一个小小磕碰呢?故意的吧?故意跑到桥头来看守大桥吧?这真是一个妙不可言的理由,谁也拦不住你!就像当年你去支援东北解放区一样!那好,赶明儿多栽几棵槐树陪你吧!你喜欢槐花香,你最爱吃槐花炒蛋。俺家人都不知道,怪俺没说。"

三叔还说:"秀丽啊!你睁眼看看,俺还有眼屎没有?没有,俺如今可爱干净啦,天天洗脚天天换袜子,每个月洗被子晒褥子。不信,跟俺去南京检查卫生!"

添雨泪眼汪汪的,扒开正在落叶的树枝,告诉三叔:"这里有槐树,混在柳树里,春天才能看见一嘟噜一嘟噜的槐花,要是顺风,花香能飘到车站上。年年清明栽树,奶奶再三叮嘱,说韩老师喜欢槐树,她身上一股槐花香。"

到家了,奶奶捧着小儿子的脑瓜子,仔细看着,认真研究:"你是虎?不能吧?这眉眼,这口鼻,咋越看越像龙呢?你剃光头装虎来哄俺老太太吧?真是虎?那俺的龙呢?俺的二傻子呢?他咋不再给爹捎一双皮鞋?他爹扛不动铁锤下不了地,能穿洋皮鞋啦。这回俺可懒得管那老不死的,爱穿吗穿吗。对了,日本大皮鞋一回没穿,藏哪了呢?"接着,奶奶翻箱倒柜地找鞋。洋皮鞋不见了,全是奶奶为韩秀丽做的土布鞋,单的棉的都有,黑布蓝布都有,还有几双红鞋,上面绣着并蒂莲、缠枝花、鸳鸯鸟。

爷爷关心的却是祖林。他问长虎:"托大车捎树苗的首长是你吧?俺觉着就是你!"

儿子点点头。也许怕爹看不清,长虎高声回道:"是的!咋啦?"

"挑油松侧柏,俺枣庄的乡土树,这像你做的事。起小,你有板有眼,丁是丁卯是卯,不带糊弄人的!快去祖林看看,二百棵苗全活啦,没有一棵死的!"接着,孙一锤忽然来了气,"亏了你这个首长啊!要不俺老脸没地方搁啦!告诉你啊,不知道是哪个二半吊子,像个大首长,出手够大方,年年千里万里托运树苗。名字怪好听,凤凰树英雄树,还有摇钱树。钱呢?树呢?光剩下一个摇字啦。招摇!"

言辞之间,隐隐约约,闪闪烁烁,指向一个叫人心疼的名字,叫人恍惚的名字,当然,也是一个叫人大惑不解的名字。爷爷忽然意识到添雨在场,连忙打住,岔开话题:"添雨爱读书,让他考去呗,保准考得上!"

十多年不沾家的裔孙,如今光耀门庭的后人,当然得去祖茔地上香,去孝柏树下祈福。第二天正是好日子,秋风掠过波光粼粼的湖面,凉爽的微风里,一阵鱼腥,一阵菊香。各种鸟儿嬉戏于湖天上,翻飞在秋阳里,逗闹着,追逐着,倦了,便纷纷落在孝柏上,喧闹不止。

鸟儿们是惊诧了。孙庄的祖林复活了吗?从林间匆匆飞过,它们瞥见了似曾相识的古柏、造型各异的故事树。于是,鸟雀齐聚孝柏,热议了一番,而后飞落在林间的草地上,蹦蹦跳跳,欣赏复活的古树。原来,那些古柏靠在成活或死去的树苗上,以树苗为支撑、为画架。是的,那是生长在画板上的古柏，从图画本移栽到画板上的古柏，确切地说，是古柏的遗像。

添旺连夜运来画板，并在此布置成祖林的展览。随孙长虎一同来到老龙头的，除了一些长老和孩子，就是参战回来的男人。他们有军人也有支前民工，退伍军人里有拄着拐杖的，也有吊着空袖子的。他们一一辨识着那些古柏，追忆着每棵树的故事。当然，它们只有形，没有神和魂。它们的神和魂，在日夜奔流的桃河水中，在渐渐远去的汽笛声中。

孙长虎给孝柏上香的时候，那些曾经参战的男人陪着他跪了下来。像决定砍伐祖林那天一样，泪水静静地从每张脸上流下来。不同的是，今天是迟到的跪、补偿的跪。有几个没有下跪的，但见空裤腿、空袖子随风飘荡，与孝柏上密密匝匝的红布条，飘荡在一个频率上。

开明公喃喃道："诸位列祖列宗，俺孙庄捐献的古树，在桃河里垒下一道堤一座坝，砌出一条通衢大道，南下的火车是走木料之桥、人心之桥过的桃河！淮海战役胜利后，人民政府说要重金奖励孙庄，全村老百姓死活不肯要，一个子儿也不要。不，那叫坚拒不受！接着，政府好说歹说，非要送一块牌匾不可。可俺孙庄还是谢绝啦！能收吗？不能！俺孙庄吗也不图，只图四个字……"

老龙头鸦雀无声。忽然间，有一只八哥飞临孝柏枝头："图报天下，图报天下……"

这是百岁公养的爱鸟吗？嗓音咋那么像他呢？

林鸟有声应吊古

不觉间,百鸟找到各自的枝头,用各自的啼鸣吟唱,似乎在情不自禁地赞美。慈乌当然不会缺席。鸦群是后来者,像一朵积雨云,像一场雷阵雨。乌鸦纷纷落在白鹭为它们腾空的孝柏上,落在满树的红布条上,乌鸦衔着红布条,在荡秋千呢。

孙庄是长寿村。继百岁老人葆公之后,开明公也跨越百岁,还出了六位百岁奶奶。爷爷孙一锤和奶奶活到九十三和九十六,韩秀丽的死伤了他俩元气,不然,他俩怎么也得过百岁寿诞。要说长寿秘诀,还是那四个字——"图报天下"。

仿佛就是一转眼,孙添雨也奔九了,当太爷爷了,四世同堂了。他的重孙子名叫孙后来,孩子比预产期晚两天出生,全家人一琢磨,这个名字好,后来居上。结果,"后来后来"叫着,把这孩子叫得老爱打破砂锅问到底:"后来呢?"

住在南京的孙后来,年年来孙庄过暑假。这里比大城市惬意,风光美,空气好,有故事,长知识,天高任鸟飞,"湖"阔凭鱼跃。真的有鱼,这不,他站在老龙头,亲眼看见鲤鱼跃龙门呢。一只鸬鹚正想叼红鲤鱼,红鲤鱼很生气,啪的一声,用尾巴击落鸬鹚,自个儿使劲一跳,跃过了彩虹搭成的龙门。

太爷爷孙一棵笑了:"人啊,走进大自然才叫孩子呢!能编故事啦,像我的爷爷一样。你该叫他吗?叫老祖宗吧。"

孙添雨不愧为孙一锤的孙子,因为热衷于栽树,获赠别号"孙一棵"。参军的光头添金后来叫孙一片，他转业去了飞播造林工作站，飞播的一片那可是一大片哟。画家添旺呢，叫孙一色，喜绿色，擅绿色，绿在他笔下千变万化、摇曳生姿。

孙一棵毕业于南京的林业学校，他强烈要求去国有林场工作，从十七八岁一直干到退休。在职期间，他自封为家乡植树造林的后勤部长，年年花工资买苗木往榴城运。一退休，他立马返乡养老。村长念着他的贡献，希望他出头当个村官，那会儿尚无村民理事会一说，名目随他立。孙添雨笑纳了："我一辈子种树，给个绿化指挥长干吧。"村长当即应允，别说指挥长，叫总司令都行。

果然，村里村外，都有叫他孙总的，连在县城里养老的刘二顺也改了口。孙添雨管植树，真的堪比总司令、总经理，讲究总体规划。房前屋后、路边桥头，树形、色彩、文化寓意以及与环境的关系，都大有学问。造林的重点则在老龙头，山冈上环抱祖茔地的全是松柏，外围一圈挺拔高耸的青杨，给人突出、神圣的感觉。开垦过的山坡，从前种一些夏秋作物，因为土瘦，产量低得可怜，如今披覆着一片片的银杏林、石榴林、槐树林，美着呢、甜着呢、香着呢。

而且，管绿化的孙总硬性规定：全体村民，包括返乡居住人员，必须参加统一组织的植树活动，此外，每人每年应自行栽树一棵，所谓每人，不只是在册人口，还包括1948

年捐献祖林时的人口,因为再造祖林也是他们的遗愿。比方说,孙一锤家每年还必须替长眠于柳林中的每位烈士栽下一棵树。"孙一棵""孙一棵"就是这样叫开的。

孙后来认真地问道:"你爷爷是我老祖宗,那你爹你娘,孙长龙和梁红霞呢?"

孙一棵抚平被风吹乱的一头白发,正色道:"臭小子,名字是你叫的?听着,你该叫老太爷爷、老太奶奶!当然,也算老祖宗。"

"他俩一直下落不明吗?"

孙一棵正色道:"谁告诉你下落不明?"

"你呀!你自己说的。还有,孙海南寄橄榄树、橡胶树,你没说后来的事。后来呢?"

孙一棵苦笑着,继续给十岁的孙后来说故事:"第三年,孙海南又托运树苗来,连续寄了好几批。刘二顺一趟趟赶着白毛驴,替我去榴城车站提货,我已经上学去了。那些树苗要是能成活能结果呀,保准你不肯回南京啦,全是你爱吃的热带水果。荔枝你爱不爱?龙眼你爱不爱?芒果你爱不爱?木瓜你爱不爱?……"

孙后来光顾着点头,直到太爷爷停下来,他赶紧追问:"后来呢?"

孙一棵哈哈大笑:"后来你吃不着了。那是梦里的花果山、梦里的海南岛。"他不由得想起了自己的故事。

也许是被孙海南刺激的,进了林场当果林队技术员的孙添雨,凭着队长的信任,居然唆使果林队在两百五十亩梨园里,偷偷试种了五亩地的苹果树。他想当中国的米丘林。几年后,苹果开花结果,到了金秋十月,果林队邀请林场场长光临,来品尝一种叫"惊奇"的果实,并放言要给中国南方一个大"惊奇"。场长下午赶到果林队,队长和技术员一直卖关子,说请来了县里的放映队,等电影开映再品尝,至于放什么片子,也保密。

挨到天断黑,电影开映,放的是故事片《保卫胜利果实》。"惊奇果"被送到了场长面前,只有一个,比大拇指头大一点点。孙添雨用手电筒照着让场长看清楚它的惊奇所在,除了小,还是青色的,样子倒是苹果样子。队长请场长咬一口,看看是不是苹果滋味,如果是,那就是巨大胜利。场长没好气地讥嘲道:"难怪你们要保卫胜利果实啊!"

事后,全场人员一致反映,从来没见过场长发这么大的火。能不火吗?偷偷种了五亩地苹果树,只结了一个算盘珠子似的"惊奇果",还欢天喜地庆祝,宣称苹果树到了南方不仅能鲜花盛开,而且还能结果。更可恨的是,居然利用革命文艺片来宣传,还要"保卫胜利果实"!场长当即下了死命令:连夜砍树!不,挖!连根挖掉苹果林!

事后，场长安抚孙添雨说："你为此花费不少心血，问题是，倾尽心血证明南方不宜栽种苹果，有意义吗？这是老祖宗都懂的道理！"

孙一棵摸摸孙后来的头，说："只隔着一条大江，南北都不一样。海南离山东多远啊，那些热带树种的苗木还不及劈柴好烧呢。"

"后来呢？"

孙一棵佯怒道："你这孩子！说了这么多，咋就听不懂？能有后来吗？"

从老龙头远眺，只见一大群白鹭从迷蒙处飞来，在微山湖的碧波间戏水斗浪，阳光下星星点点的洁白，格外耀眼。白鹭听到了报喜鸟的鸣叫，它们好奇极了，风吹云朵似的，漫空飘来，轻轻落在已经长高的青杨上，团团簇簇。喜鹊可热情啦，喳喳喳，喳喳喳，呼朋引伴，俨然老龙头的主人。不错，喜鹊又在青杨上筑下巢。那些鹊巢堪称鸟世界最优秀的建筑。当然，它们得防着鹊巢鸠占。

怪了，咕咕咕的斑鸠叫声此起彼伏，从前可没这么多斑鸠哟。孙一棵自言自语："想占别人的窝？你们也会筑巢，简陋一点不碍事，将就点儿吧，好歹是自个儿的。"很快，他找到了斑鸠多起来的原因，草茂盛，树成林，林成片，山相连，老龙头牵着板栗山，板栗山拽着紫薇山，紫薇山携着胡桃山，胡桃山抱着桑梓山，绵亘数百里。这个绿世界正是老百姓年复一年栽种出来的。林子大了，什么鸟都有，兽也是。前几天，县林业局来人，竟然巧遇久违的豹猫。豹猫是什么？体型像猫，身披豹纹，是被列入濒危物种红色名录的野生动物。其实，如今老龙头一带的野生动物可多啦，赤狐、狗獾、黄鼠、艾鼬都成了此地常住户，还有"一丘之貉"的貉。

孙后来冷不丁又问："后来呢？"

"谁的后来啊？豹猫，还是热带果树？"

"孙海南的后来啊。整个故事的最大悬念，你一直回避。孙海南是孙长龙和梁红霞吗？他俩为什么神秘兮兮的？"在青杨的浓荫里，孙后来扶着太爷爷坐下，递上一瓶矿泉水。

孙一棵先是一愣，接着哈哈大笑："我回避？我没对你说吗？我可不觉得有悬念，年岁越大，心里越明白。人死了，哪能说活就活啊？故事编得越奇巧，越不可信。刘二顺说，我爹娘的下落在我爷爷嘴里，叫我去抠。可他老人家直到临终也没说，那不就是明确的下落吗？老人家反而告诉我，那双洋皮鞋他一直藏着，一年上两次油，锃亮锃亮的。他叮嘱后人千万记得让他带走，他要天天穿。他说：'这是俺儿子头一回挣钱给买的呢。'"

孙后来惊讶了："难道他俩第一次就死了？那么，后来的事怎么解释？"

"傻小子，人能死几次？游击队被鬼子包围，他俩当时中弹身亡。可鬼子阴险，拖走他俩的尸体，悄悄扔进石灰窑烧了，同时大肆造谣，谎称'游击队长夫妇归顺皇军受到厚待，被保送日本大学读书'。鬼子的图谋一是虚假宣传，二是要辱没抗日英雄。一时间，榴城一带众说纷纭。当然，抗日群众也编出了不少针对谣言的英雄传奇。"

"后来呢？"

"你问他俩出现在刘大顺队伍上的事吧？那是刘二顺看走了眼，还认错了字。他压根儿没见过孙长龙，凭着对我一家人长相的印象猜的。为吗敢胡猜？共产党真的派去了孙长龙和助手，不过，那个'长'是长官的'长'，而不是长江的'长'。"孙一棵不无讥嘲地笑了，"自古无巧不成书啊。"

孙后来的眼睛闪闪发亮："孙海南不是他俩又是谁？那么，后来孙海南呢？"

孙解放、孙建国、孙海南，是一个人，本名张柱子。他父子俩都管孙长虎叫首长，儿子张柱子是首长身边的小通信员，爹则是首长手下的老连长，牺牲在南下途中。首长知道张家上有老下有小，生活相当艰难，逢年过节必以张柱子名义往张家寄钱。张柱子感激不尽，却无以回报，心想孙庄人个个牵念祖林，那就化名送树苗吧。首长往家乡捎树苗，正是通信员找的大车呢。首长转业后，张柱子随部队一路南下。

打到海南后,他因伤退伍,在当地成家立业,于是,孙庄不断收到热带树种。连南方的林业技术员也盼望吃上"惊奇果",没文化的张柱子只管采买树苗,不问是否能成活,也就毫不奇怪了。

孙一棵告诉孩子,那个东南亚华侨连年寄树种,连续七八年吧!没想到,竟有一颗种子发了芽,出了苗,成了材。那是一棵桉树,也是一个意外。这棵桉树不畏冰雪霜冻,竟长成一座高大挺拔的纪念碑,长在当年韩老师倒下的山坡边。从那儿可以把绿皮火车和津浦铁路横穿眼底,可以远眺柳林、铁路桥和桃河岸边向彼岸延伸的卧龙槐。也许,需要一千年,卧龙槐才能跨过宽阔的桃河,成为卧龙之桥,然而,如今它已茁壮地生长了七十多年。对了,在那儿,还可以感受风驰电掣的高铁。不过,得爬上桉树,站得更高一些,高铁在远处以远。

孙一棵望着桉树,不无得意地问:"后来啊,我六十多岁还能上树。厉害吧?"

孙后来哼了一声,紧盯着太爷爷:"骗人!后来呢?"

"你添金太爷爷说得好,古树是连通先祖和后世的桥。当时,桉树是老龙头最高的树,我想上"桥"看看听听。看见听见吗?一股烟。吓得我哧溜下地,拔腿就跑,赶紧去把火灭了。从前栽树,栽的是小树苗,好不容易长起来,一场火就变成了炭。老龙头遭过两次山火。白毛驴是在一九五几年的山火中烧死的。它当时拿自己当坦克、当消防员,在火海里奋不顾身。我奶奶那时眼瞎了,逮住吗给它涂抹吗,红药水、紫药水、白药膏、黄药膏、黑的狗皮膏,五颜六色,七彩斑斓。刘二顺说,白毛驴死的时候哪叫驴呀,那是一个大大的泥叫虎。"泥叫虎是山东民间的彩绘泥塑,可漂亮啦,太爷爷每年送给孙后来的生日礼物都是它。

孙后来逮着一只蚂蚱,捏住蚂蚱腿,让它远远地给桉树拜了三拜,又问:"后来呢?"

"后来,栽培技术进步了,我不再往家乡运小树苗,送已经长成的树。要不,祖林哪能这么快成林?鸟雀哪能这么快找到家园?"孙一棵为此倾尽一生,他该叫孙一生才对。

看着蚂蚱消失在草丛里,已经走神的孙后来,依然漫不经心地问:"后来呢?"

没后来啦。后来就是眼前的迷人景象。不觉间,好客的喜鹊迎来了无数扑扇的翅膀,百鸟找到各自的枝头,用各自的啼鸣吟唱,似乎在情不自禁地赞美:"美丽美丽""就是就是""呀呀呀呀绿""好哩哩哩哩""万绿丛中——万绿丛中""呱唧呱唧呱唧——呱呱唧唧"。鸟雀中大约有燕子、鸽子、画眉、伯劳、斑鸠、鹡鸰、云雀、麻雀、鸦雀、鹩哥、歌鸲、鹌鹑、金丝雀、白头翁,还有美丽优雅的水凤凰。

慈乌当然不会缺席。鸦群是后来者,像一朵积雨云,像一场雷阵雨。乌鸦纷纷落在白鹭为它们腾空的孝柏上,落在满树的红布条上,乌鸦衔着红布条,在荡秋千呢。孙一棵感动了,眼睛湿了;所有的喜鹊都感动了,鹊群乐颠颠地融入了鸦群……

后记

由衷感谢枣庄市作协、市文联和中共薛城区委宣传部为我提供了走进枣庄、深入乡间的机会。这里有煤矿，更有取之不竭的故事富矿。

我的第一部长篇小说《车头爹 车厢娘》写到了枣庄故事。小说的主人公，有来自枣庄、来自临城（今薛城区）的奶奶一家，姓孙，其中两个孩子分别叫孙枣、孙庄。

真是机缘巧合！在枣庄、在薛城，太多的故事令我兴致勃勃。偏偏，我被牛山孙氏宗祠墙上的故事线索牵引着，跻身于南下支前的洪流，怎么也出不来了。

在抗日战争和解放战争中，牛山孙家曾做出巨大牺牲和奉献，真可谓满门忠烈！满墙英烈的名字，应是一曲曲壮歌或悲歌。多年来，我一直关注革命历史题材创作。我认为，能够统计的牺牲只是生命和财产,而更多的牺牲恐怕是无法估量的。比如,秉承"胸有大志,图报天下"的孙家人,不惜砍尽祖林的古树,以修复桥梁,支援解放军尽快南下投入淮海战役。当时,一些村民试图留下祖林,虽不言语,但一个个地跪下,默默垂泪。那泪水该是多么丰富的语言,多么深刻的悲伤!祖林对于家族、对于后世意味着什么,作品里提到的谱训已经说得很明白。它是家族的根脉,人心的牵系。

这样的牺牲,这样的事件,绝不能被忽略,更不能被忘记。因为,其中蕴藏着丰富的可以观照现实的精神价值。

其实,类似牛山孙家的事迹,在山东大地上并不罕见。据《山东人民支援解放战争》一书介绍,由于国民党军队的破坏,津浦铁路有大小68座桥梁需紧急修复,以鲁西为例,"鲁西四专属的群众和铁路工人提出'快修铁路,支援前线'的口号,在一个多月内就修筑桥梁47座,路程长110公里"。放眼全国,同样不乏老百姓自愿砍伐祖林修路筑桥支援南下的感人故事。那是一座座通达胜利的民心之桥。

在这部以孙家故事为原型的小说里,我试图以小见大,通过塑造知根脉、怀大志、有担当、不怕牺牲、甘于奉献的少年形象,反映当年山东人民支援解放战争的壮阔历史。同时,我又不满足于此,既然受祖林之荫护,得谱训之教化,为传统所熏陶,那么,学会坚强、勇敢面对现实,矢志再造祖林以修复生态，一定是他们的心理需求和精神寄寓。果不其然，我在构思之初虚构的植树传统、捐赠树苗等写作方向，在现实中竟然一一得到印证，那些实例鼓舞了我的想象力。

"林鸟有声应吊古。"这是古人留给薛地的名句。而在我的想象世界里，成群的林鸟又在放声歌吟生态文明的新生活……